JN228114

イッツ・ダ・ボム

井上先斗

SAKITO INOUE

BUNGEI
SHUNJU

19

第一部　オン・ザ・ストリート

1

私が、ブラックロータスについての取材を決意したのは、「VOTE（ヴォート） ME（ミー）」のタイトルで呼ばれるあの作品を見て、本にできるかもしれないと直感したからだ。その時点での私は、ブラックロータスは素性不明のグラフィティライターであるという何の説明にもなっていない情報しか持っていなかったから、頼りなげな思いつきというほかない。

グラフィティは〈描く〉のではなく〈書く〉のだという。グラフィティは全て「俺はここにいたぞ」という署名で、それを記した者のこともアーティストではなくグラフィティライターと呼ぶ。残されたものが文字ではなくカートゥーン調のイラストやステッカーだとしてもライターだ。カルチャーとしての本質は書かれた内容ではなく、書いたという事実の方にある。

故に、大抵のグラフィティライターはアート扱いを快く思わない。ただ、グラフィティをストリートアートに含めることや、その逆を許すことは多い。ストリートアートという概念が、グラフィティを根にして広がっていった、アートそれ自体とは別の文脈を持つものだからだ。

勿論、ストリートアートなら全てグラフィティと断じていいわけもない。この部分の定義は曖昧で、人によって基準が異なるが、ストリートアートの中でも「俺が書いたぞ、作ったぞ」というシグナルが根底にあればグラフィティと同質であるという見解を私は支持している。

これらはグラフィティやストリートアートの業界ではごく基礎的な知識らしいのだが、ブラックロータスのことを調べ始めるまで私は一切知らなかった。グラフィティは全て描くもので、作り手のことはアーティストだとばかり思っていた。

それでも落書きではなくアートと、ある程度の敬意を含んだ認識をしていたのは、もしかすると同じ〈ライター〉として無自覚の仲間意識を覚えていたのかもしれない。私の文章が載るのは雑誌やウェブサイトで、グラフィティが書かれるのは壁や電柱に橋桁と、媒体もフォーマットも違うが、きっと、似た者同士のシグナルを知らず知らず受信していたのだ。

ブラックロータスは街じゅうに文字を綴るという意味でのグラフィティは書いていないが、メディアでは基本的にグラフィティライターと扱われている。私もそれに倣っている。グラフィティライターの中には「アーティスト様だろ。俺たちと一緒にするな」と腐す者もいるが、私はブラックロータス作品からも、そうしたライター達のものと同じ、確かなメッセージを感じる。あれらはアートではなくストリートアートで、グラフィティでもあると思うのだ。

初めてブラックロータスの作品が発表されたのは今年の九月末のことだから、まだ二ヶ月も経っていない。しかし世間では既に〈日本のバンクシー〉の呼び名が定着している。本名から性別、容姿に至るまで何も公表していないグラフィティライターであるという表面的な共通点だけではなく、作品の持つ影響力を含めてつけられたものだろう。本家のバンクシーと同じで、そのシグナルを受け取ってくれる人がどれだけ居続けるかはまだ分からないが、少なくとも今この時点、ブラックロータスの作品は多くの人の心に響いている。

ブラックロータスの署名はトレーディングカードゲーム『マジック：ザ・ギャザリング』の同名カードだ。というよりも、このカードのカラーコピーを署名代わりに残していくからブラックロータスと呼ばれるようになったというのが正しい説明になる。

カードの「Black Lotus」は、『マジック：ザ・ギャザリング』の黎明期に作られたものである。名前の通りの黒い睡蓮のイラストと、数行のテキストが刷られただけの一見地味なカードなのだが、カードゲーム界隈では伝説とされる一枚だ。その効果の強力さ故に新たなパックへの再収録が禁止されている入手困難品で、希少なバージョンでの完品ともなれば何千万円単位での取引になるという。

そんなカードを路上に置くことがグラフィティライター・ブラックロータスの第一作だった。新宿駅西口、都庁方面へ向かう地下通路の、動く歩道の傍の路面に、スリーブに入れた「Black Lotus」のカラーコピーを平日朝の通勤ラッシュのタイミングに合わせて設置したのだ。

意図は明らかだ。足元に数千万円の価値があるかもしれないものが落ちているのに、たかが数十万円の月給を稼ぐために早足でそれを踏んでいくサラリーマンたちという絵面を作ることが、ブラックロータスの狙いだろう。もしかすると、その通勤者たちが向かっているのが都庁であることも含めての皮肉なのかもしれない。

この踏み絵については、私はそう高く買っていない。社会風刺としてはいかにもありふれた発想であるように思うし、既に似たような実験が行われたことがある気もする。

この作品をありがちなもの以上に押し上げたのはひとえに大宅裕子による写真の力だ。「Black Lotus」を踏みつぶしていく革靴のズームアップ、動く歩道からカードに気づいて驚愕している様子の若いサラリーマン、足元に鞄を転がすように置いて右手で摑んだカラーコピーを見つめる中年男性……。ストリートアートの業界においては九〇年代からのキャリアで第一線を走るフォトグラファーである大宅が、自身のInstagramアカウントで #StreetArt と #MrBlackLotus というハッシュタグと共にアップロードした写真の数々はインターネット空間上で大拡散された。

ポイントは大宅がストリートアートと捉えたことだ。ミスターブラックロータスと、その作者として人名をハッシュタグにまでしている。これにより、ＳＮＳの住人たちは道に置かれたカードをただの悪戯ではなく、シニカルな芸術作品として受容することになった。「Black Lotus」を目印に皮肉を効かせたストリートアートを発表している者がいるという評判は、初登場から四日後、第二作が発表されたことで決定的になる。

二つ目の展示は世田谷区内、多摩川近くの高架下で行われた。元々、川沿いの高架下や橋桁はグラフィティのスポットになりやすいが、中でもブラックロータスが選んだのは近辺では聖地とされる場所だった。壁画と呼んだ方がいい大作から、スプレーで文字を書き殴っただけの小品まで、大小様々なグラフィティが一面に書かれている。

ブラックロータスは高架下の壁面に、裏にカードを貼りつけた五枚のキャンバスを立てかけた。左端の一つにだけ黒のスプレーで「ＢＬＡＣＫ　ＬＯＴＵＳ」と吹きつけてあって、他の四つはまっさらなまま、という趣向だった。

　この作品は前作以上に拡散された。もとより日本のインターネット空間上では公共物に対してグラフィティを書く者への風当りは強い。ブラックロータスの二作目は、無法者に向けたアイロニーとして評価され、ＳＮＳには賞賛のコメントが溢れた。

　触れる者にアート関係者が増えてきたのも躍進を感じさせた。美術雑誌『日々芸術』の運営するニュースサイトでは「ヴァンダリズムへの挑発者」のタイトルで取り上げられた。アートの世界では、グラフィティライターが行う公共物への落書きを破壊行為主義という概念で捉える。言葉そのものは他の業界でも使われるものだが、アートの場合は特に対象物を壊すことでしかできない表現という意味合いになる。ブラックロータスの作品は、このイズムの流れにあるグラフィティ文化に対して、本当に対象物を汚さなければできないものなのか問いかけている、と『日々芸術』は分析したのだ。

　ブラックロータスによる挑発はまだ続く。『日々芸術』の記事が出た一週間後、第三作が発表された。

　八王子市内、国道16号の御殿峠付近に設置されていた清涼飲料水『デトクス』の看板広告が展示会場になった。広告は「愛、潤っていますか?」というキャッチコピーと共にアイドル声優の真藤りえの顔を大写しにしたもので、同内容のテレビＣＭが放映されていた時期を考えると、およそ半年前から貼り出されたままと思われる。

看板からは、ポスターの右上、ちょうどキャッチコピー文頭の〈愛〉の部分が剝がれ落ちている。ブラックロータスは、その〈愛〉を看板の土台部分に設置したパネルに貼り付けた。パネルにはアニメのキャラクターがスプレーで書かれていて、そのキャラクターが〈愛〉を受け止める構図になっている。ファンの間で「愛キャッチ」とタイトルがつけられた作品だ。

パネルに描かれたキャラクターは、人気アニメ『二〇八四年の魔少年女』に登場するマスコット、トール君で、声を担当しているのは真藤と同じく人気声優の小泉ヒカルだ。真藤と小泉の二人は十月初旬に婚約を発表しており、その直後のことだった。ブラックロータスは看板広告を利用して、そのことをユーモラスに祝福したわけだ。

洒落ている、とこれまた好評だった。今度の作品には攻撃的な皮肉のようなものがないが、失望するファンはいなかった。これまでの二作も誰かを攻撃しているから受けたのではなく、ユーモアがあったからこそ多くの人に届いていたわけで、「愛キャッチ」も従来の路線から外れていないということなのだろう。

当初はブラックロータスが作品のためにわざわざ文字を切り取ったと思われたため、前作で見せたヴァンダリズムへの批判はなんだったのだ、という批判は出たが、これもいわゆる炎上とまではいかず、すぐに鎮火する。看板から〈愛〉の部分が剝がれ落ちていたのは作品発表の数週間前からだという反論の写真が幾つかのアカウントからSNS上にアップロードされたのだ。強風の日に木の枝が飛んできて広告に切れ目が入った現場を目撃した証言もあがり、騒ぎは収まった。

だが「愛キャッチ」の二週間後、ヴァンダリズムの是非といったここまでの議論を吹き飛ばす作品が発表された。「VOTE　ME」である。この作品は十月の最終週の日曜日、衆院選投票日当日のSNS上に熱狂の渦を作り出した。

キャンバスに選ばれたのは世田谷区内の公園の噴水前に立てられた選挙ポスター掲示板だ。ブラックロータスはこの掲示板の前にボール紙で作られた横長の看板を配置した。観光地にある集合写真撮影用のパネルをイメージしているのだろう、左端に年月日のカードを嵌め込むことができるようになっていて、その横にメッセージが書かれている。

ただし、黒のスプレーで吹きつけられていたのは「ようこそどこそこへ」といったような文言ではなく「VOTE　ME」という一言だ。文字はグラフィティ調ではなく、ステンシルの技法を使った角ばった字体で書かれており、ボール紙全体は真っ赤に塗られている。それだけでは終わっていない。後ろの掲示板にも仕掛けがあった。貼られている候補者のポスターが、与党だろうと野党だろうと無所属だろうとかかわらず、全員の口元がちょび髭の形に切り取られていたのだ。相変わらず、見た者が即座にメッセージを読み取れる作品だ。投票を待つ独裁者候補の皆様、こちらで記念写真をどうぞ。

爆発的ではなく、はっきり爆発と言うべき勢いで拡散された。情勢が大きく変わらないことが見え透いている選挙戦自体の退屈さを上手い具合に埋めてくれたのだろう。ＳＮＳ上だけではなく地上波放送のテレビニュースでも、各地の投票所からの中継よりも尺を取って報道された。

否が八割を占める賛否両論、という有様だった。ニュース番組のコメンテーターやＳＮＳ上のアルファアカウントの大半はブラックロータスを責め立てた。ただの器物損壊ではなく選挙の自由の妨害として公職選挙法の観点から問題視し、警察は早く逮捕するべきと強い語調でまとめる批判が特に目立った。賛成派は賛成派で熱狂的に褒め称えた。「全員が独裁者候補、こんな選挙、投票していられない。痛快じゃん」と自身のFacebookアカウントでコメントしたのはファッションブランドとのコラボレーションなど商業アートの世界にも活動の場を広げている有名グラフィティライターＯＮＥＮＯＷだ。

「グラフィティの前にキャンバスを置いたアレと矛盾してるって人もいるけど、むしろ全然一貫してる。みんなが使うものであるウォールへの落書きはダメ。みんなが使う公園に貼られた政治家たちのステッカーもダメってことでしょ？」

ONENOWの投稿も当然の如く燃え上がった。「なんて非常識な」と多くの者が眉を顰め、「この反体制のスタンスこそがアート的」と少数の者が熱心に擁護をした。

ONENOWの他にも、入れ替わり立ち替わり迂闊な発言をする者が現れ、話題は尽きることがなく、大半のSNSは数日間この話題に席巻された。タイムラインには「VOTE ME」は勿論のこと、これまでの作品まで舞い戻り、写真が流れる度に意見が溢れた。誰もがブラックロータスに触りたがった。

私も、「VOTE ME」を現場まで見に行った。着いたのは既に昼前で、ボール紙の看板は撤去されていた。ポスターも各陣営の担当者によって貼り替えられていたか、そうでなくとも剝がされていた。私が目にすることができたのは残滓だけだったが、それでも胸が昂ったことをよく覚えている。前日まで多くの人がろくに見もせず前を通り過ぎていたであろう掲示板の前に人だかりができていて、その輪がいっこうに途切れない。作品そのものがどかされても、相変わらずその空間から何かが発せられ続けていて、それを受け取った人たちが写真を撮ったり、連れと議論をしたりしている。見渡す限り、誰もがどこか浮かれている様子だ。

皆が、そして私が、ブラックロータスから受け取っているものが何なのかを言語化することができたら、という発想が心の中に湧いたのはその時だ。これほど多くの人が、わけもわからぬまま「VOTE　ME」に躍らされて、上滑りするだけの行動や考察に明け暮れている。この状況はチャンスではないか。今、ブラックロータスについて、わけのわかるような文章を書いたら、それは間違いなく大受けする。記事にするだけでも相当拡散されるだろうし分量を持たせて本にすれば、ベストセラーも狙える。

本にできそうなあたりが特に魅力的だった。

なんとしてでも著書をものしたいという願望が私にはあった。別に印税生活を狙っているわけではない。そもそもライター業は大抵、本ではなく記事を売った方が儲かる職業だ。特に今は既存のメディアに頼るのではなく、noteなどのプラットフォームサービスを利用して記事を独自配信することもできる。ライター仲間には個人マガジンと称し月額千円で会員を囲って生計を立てている者も多い。素直に言えば、私もそうした生き方を狙っている。

そのために実績が必要なのだ。色々な場所に雑文を書き散らして糊口を凌いでいる程度のライターが個人名で記事を配信したとしても誰も読んではくれない。私個人の名前に何かしらの箔をつけなければならない。手っ取り早いのが著書の出版なのだが、書き手か題材のどちらかに「これは売れる」という魅力がないとフリーライターの書いた文章なんて出版社はまとめてくれないというパラドックスがある。

ブラックロータスの放っている強烈なエネルギーが、このパラドックスを粉砕してくれるかもしれない。私はそんな下心から調査を始め、この文章を書くに至った。これは取材ノートであり、来るべき機会に向けた草稿でもある。

2

私は、「VOTE　ME」を見に行ったその日の内に、衝動のままに各所へ取材申し込みのメールを送った。

グラフィティとは何なのかも満足に説明できない無名の門外漢相手には返信すら少なかったが、幸いにも最も話が聞きたかった人物には快諾（かいだく）してもらえた。大宅裕子である。

取材日当日は、青空の下を乾いた風が抜けていく、よく晴れた日になった。いかにも気持ちのよい天気ではあったが、渋谷（しぶや）駅の改札を抜けてスクランブル交差点に出た私は少し息苦しさを覚えていた。いつものことだった。ありとあらゆる場所を人が埋（う）め尽（つ）くしている光景に圧倒されてしまうのだ。渋谷へは月に何度も訪れるし、お気に入りの場所や店が幾つもある。ただ、そうした目的地に辿(たど)り着くまでの間、常に見えない何かに押さえつけられているような気分になる。何者でもない自分はこの人混みに埋没(まいぼつ)していなければならないという強迫観念に駆(か)られる。待ち合わせ場所と指定されたタワーレコードへは、できる限りの早足で向かった。

　大宅は、タワーレコードの入り口前にある、斜(なな)めに傾いたハチ公像に悠然ともたれかかっていた。像を支えようとでもしているかのようだった。ワインレッドのベレー帽に薄茶のサングラス、そして首からぶら下げた一眼レフカメラ、ホームページに載っていた宣材写真のままで、遠目からでもすぐに大宅だと分かる。過度に目立っているわけではなく、街を歩く人々も通り過ぎるばかりだが、大宅のことを僅(わず)かでも知る者ならば即座に気づく、そんな存在感がある。

　駆け寄ると、あちらも察したらしく、顔を向けてくれた。正面から向き合ってみて、宣材写真を見た時に思ったことを改めて強く感じる。大宅裕子というブランドを律儀(りちぎ)に守っているみたいだ。帽子とサングラスにカメラ、分かりやすい記号だけが印象を残す。口紅とファンデーションが濃く、肌や唇(くちびる)の質感すら摑めないのだが、年齢を隠そうとしているという雰囲気ではない。きっと、五年前も五年後も同じ顔に見えるように全てを塗りつぶしているのだ。フォトグラファーという大宅の職業を、思いがけず強く意識する。

軽い挨拶を済ませた後、大宅は「どこか適当な場所へ行きましょうか」と歩き出した。

「まあ、適当な場所ってのが、今の渋谷にどこまであるか知らないけどね」

タワーレコード横の道を線路を挟んで向こう側、メトロプラザの方向へ進んでいく大宅を追う。取材をお願いしたのは私なので、話を聞くのに良さそうなカフェの見当は事前につけてあったが、何も言わなかった。言葉通り取ればあてもなく歩いているはずなのに、長い黒髪を揺らす大宅の背中には、迷いのない、颯爽とした雰囲気があった。

「これもグラフィティなんですかね」

線路を潜る、ガード下のトンネルに差し掛かったところで、私は世間話代わりに壁を指さした。大量の矢印が描かれているのが、前々から気になっていたのだ。特に今歩いているタワーレコード側から見て道を挟んで向かいでは、矢印を持ったコミカルなキャラクターが行進していて、横を通るたびに少し愉快な気分になっていた。

「ウォールアートかな」

「それは、落書きじゃないから？」

「確かにこれは渋谷区のプロジェクトで描かれたやつなんだけど」

シブヤ・アロープロジェクトという取り組みの一環で、災害時の一時避難場所はこちらだと示す矢印をアーティストに描いてもらったものなのだと説明してくれた。

「どっちかっていうと精神性の問題。ただ、リーガルなプロジェクトだからグラフィティじゃないってわけではなくって」

そこで大宅が言葉を切る。サングラスを外し、胸元へ引っ掛けた。どうしたのだろうとその視線の先を追ってみると、壁に貼られた一枚の紙に辿り着いた。矢印が書かれているがシブヤ・アロープロジェクトのものではなさそうだ。いかにもサインペンか何かで書き殴られたといった印象であるし、紙を貼り付けるのに使用しているのも手でちぎったらしきガムテープで、何より指し示している向きが真逆だ。苦笑いしながら振り返ると、大宅はレンズの蓋を外していた。

大宅は、計六回シャッター音を鳴らした。近距離から立って二枚、屈んでもう二枚、壁から離れて、他の矢印が写る角度でタワーレコード側、メトロプラザ側からそれぞれ一枚ずつ、撫で回すように撮った後にサングラスをかけ直し、ようやく私へ向き直った。

「この矢印は、グラフィティということですか？」

尋ねると大宅は「そうね」と笑って、数秒の沈黙を挟んだあと手を叩いた。

「宮下公園にしましょう。丁度いいから」

何が丁度いいのか分からなかったが、私は頷いた。

宮下公園がミヤシタパークに生まれ変わったのは二〇二〇年のことだから、もはや最近とは言えない。リニューアルオープンして間もない頃、ショップの広告記事を一本回してもらった。その際、渋谷にしては低層の、横に広いショッピングモールであることと、屋上にかかっている何本ものアーチが肋骨（ろっこつ）に見えることを指して、パーク全体を街に横たわる新種の巨大生物と喩（たと）えたことを覚えている。この新種は既に街に馴染（なじ）みきっている様子で、ガラス張りの横腹を物珍しそうに扱う人はもう見当たらない。訪れること自体が特別なイベントという人よりも、日常の中でお気に入りの店や場所を利用している人の方が多そうだ。ミヤシタパークはそこにいて当然のものとして街の人々に可愛がられている。

居酒屋の並んでいる、施設の中では猥雑（わいざつ）な区画の方から館内に入った。いわゆる昭和レトロをイメージした外観の店が連なるこの一帯は既に賑（にぎ）わっている様子だ。この並びに大宅の目当ての店があるのかと思ったが、そうではないらしい。建物に入ってからはまっすぐ、屋上公園へのぼっていく。

外に出て、まず空が、次にその下に広がる青々とした芝生が目に入る。リニューアル前は鬱蒼（うっそう）と木が生い茂っていて薄暗い中、フットサル場の歓声だけが遠く聞こえてくる、少し不気味な雰囲気の場所だったが、今や何もかもが明るい印象で、今日みたいな晴れの日は特に清々（すがすが）しい。都会のビル群の中に穴が空いているような、別世界じみた空中公園ということだけは今も昔も変わらない。

大宅は屋上の隅（すみ）、人が溜まっている芝生から少し離れた位置のベンチへ腰を下ろした。

「ブラックロータスについての取材だったね」

「そうです」

ポケットからスマートフォンを取り出し録音してもいいか確認する。「どうぞ」の声を聞いてから画面をタップした。シャープペンシルとノートも構える。ライター仲間の中には録音や撮影をするのなら、紙のメモなんて取る必要はないと主張する者もいるが、私はそうは思えない。話のポイントやキーワードをその場でまとめながら聞くのと、そうでないのとでは、明らかに取材の質が変わる。白紙のページに今日の日付を書き入れてから、私は話を始めた。

「ちょっと陳腐（ちんぷ）ですが『〈日本のバンクシー〉ブラックロータス　その正体』という仮題で書き始めています。まだ、売り込み先も確定していないんですが」

「素性を暴きたいの？　ブラックロータスの」

「そうではないです。まあ、中の人が他所（よそ）で知られている著名人とかなら面白いかもしれませんけど、実際にブラックロータスがどんなパーソナリティでっていうのはそこまで気になるものではないと思うんです。正体っていうのは、もっと観念的というか」

大宅が「観念的」と小声で繰り返したのを聞いて、雑に言葉を使ってしまったか、と少し後悔した。できる限り自然な言葉遣い（づかい）をしよう、とあらためて意識をする。

「今、世間の人はブラックロータスについて気になりつつも、具体的に何を気にしているのかすら分かっていない状態です。それこそ、本名とかどんな顔をしているのかがネットニュースになっていたりしますけど、さっき言った通り、そんなの別に面白くはない。本当にみんなが知りたいのはブラックロータスを心のどこに置けばいいのか、だと思うんです」

「どう分類すればいいか決めかねている、と」

「まさに。ブラックロータスとはこうだというラインを示したいんです」

大宅の顔色を窺う（うかがう）。目の様子はサングラスのせいで分からないが、口元は緩んでいるようだ。胸を撫でおろす気分で私は続けた。

「だから、ストリートアートそのものについても、ブラックロータスについても日本で第一人者である大宅さんからまずお話を伺いたいというのが本日の趣旨になります」

「第一人者、でもないと思うけど。私のことなんて誰も知らない」

言われて、つい笑ってしまった。街を歩いているだけで騒がれるという意味での有名人ではないかもしれないが、少なくとも業界のトッププランナーであることは間違いない。この分野について調べ始めた時に私が驚いたのは大宅の名前を目にする頻度だ。画廊や美術館の展示で使われるグラフィティやストリートアートの写真には必ずといっていいほど大宅のクレジットが入っているし、アーティストやライターのインタビューでも、大宅の名はカルチャーの理解者としてよく挙げられている。数年前に出したストリートアートの写真集は今も版を重ねているベストセラーだ。「ご謙遜を」と軽く流して話を進めた。

「はじめに、大宅さん自身のことについて軽くお聞かせいただけますか。バイオグラフィーでは、ストリートアートについて記録を始めたのは九〇年代からとのことでしたが」

「最初に写真が売れたのが、九一年だったから、そう書いただけかな。本当はもっと前、ローティーンの頃から撮ってた」

胸のカメラへ目をやると「こんな立派なやつじゃなかったけどね」と笑われた。

「バイオグラフィー読んでくれたなら知ってると思うけど、親の仕事の関係で五歳から二十歳までニューヨークで暮らしていてね。ちっちゃな頃からグラフィティを見て育ってた。『これなんだろ』って思いながら。カメラ買ってもらってからはグラフィティをコレクションするのが趣味になって、そのうち段々分かってきた。これは声なんだって」

声、とオウム返しをすると大宅は頷いて「声、叫び、シグナル、信号、サイン」と歌うように羅列(られつ)する。

「『おーい、見てくれ！　今、俺がここにいるぞ！』っていう宣言をストリートに刻んだものがグラフィティだって気づいた。その瞬間、どうして自分がずっとグラフィティに惹かれていたかも理解した。私だけは聞いてあげなきゃって気持ちになったんだ」

私が、グラフィティはシグナルなのだという考え方を初めて知ったのはこの瞬間だった。声、叫び、シグナル……とシャープペンシルを走らせながら、閉じた口の中で舌を動かした。確かめるように。

「ダウンタウンでグラフィティを書き始め、育ててきたのは、誰にも姿を見てもらえず、声を聞いてすらもらえない人たちだった。彼らは権力者や富裕層は勿論、同じ階層の人にも無視されていた。だから、自分の名前を壁や道、色々なところにサインした。絶対にどこかしらで目につくように、ありとあらゆるところに。『ほら、ここまでやったら、無視できないだろ？　いるんだぜ、俺はここに』って」

「さっき、ガード下の絵はウォールアートだとおっしゃっていましたね。あれは、そうした声とは別だ、と」

「声といえば声かもしれないけど、あれを描いた人の声ではないよね」

「描いてほしいと指示をした渋谷区のもの、でしょうね」

「ライター自身の叫びを街に刻むからこそ、切実さが宿る。故にグラフィティは愛おしい。だからイリーガルに書いても許される」

あの時に話していた精神性というのはその意味合いか、と腑に落ちる。

「目につくところにあるグラフィティは大抵すぐに消されてしまうけれど、それは仕方ない。声なんだからね。その瞬間、俺はストリートにいたぞ、と叫んだこと自体に意味があるんだから、あとはなくなろうが、どうなろうが、どうでもいい……さっきのガード下に少し前まで、インベーダーがあったの覚えてる？」

「インベーダー？　ストリートアーティストの？」

グラフィティについて下調べをした際に出てきた名前だ。フランスの著名なストリートアーティストで、セラミックタイルを使って作成した作品を街じゅうに貼り付けるのをスタイルにしていると聞く。

「そうだけど……アトムって言ったら分かるかな」

思い出した。ガード下のタワーレコード側にタイルで作られた『鉄腕アトム』の絵がかつてあった。撤去される時ニュースになっていて、許可を得ていなかったものだったと知って驚いた覚えがある。高田馬場の手塚治虫キャラクターの壁画のように公式のものだと思っていたのだ。あれがインベーダーだったのか。

「あのアトムがなくなる時、折角のアートが勿体ないって嘆いてる人がいたけど、私は同意できなかった。インベーダーがタイルを使うのは確かに長い間残したいからだけど、別に永遠に残したいわけじゃないでしょう。それに、インベーダーの襲撃跡は渋谷に他にまだ残っているしね」

ガード下から歩いて一分もかからないビルの壁に、別の作品が貼られているという。

「でも、作品ではなく声そのものと、それを聞いた人たちのことを記録することは意味があると思っている。だから、私は、撮る」

先ほど波に逆らうように貼られた矢印を撮影したように、と私は心中で付け足した。

「どんな時も絶対とは言えないけど、ライターもそれを望んでくれている。フューチュラ2000は自分が塗装したトレインの発車時刻をマーサ・クーパーに連絡して『ブレイク』を撮らせた。バンクシーはティエリー・グエッタに作品の展示現場でビデオを回してもらって大衆のリアクションを映像で残したりもしていた」

「そしてブラックロータスは大宅裕子に作品を拡散させた」

私の言葉に大宅は笑みを返してくれた。この時の私はマーサ・クーパーとティエリー・グエッタがそれぞれ誰なのかは知らなかったが、何を言わんとしているのかくらいは察しがつく。

「ブラックロータスの方からコンタクトを取ってきたんでしたよね」

「そう。新宿駅の地下通路にボムしたから撮ってくれってインスタでＤＭが来たの」

ボムというのは街中（まちなか）に自身のグラフィティを書くことを意味する言葉だ。特に、無許可での行為を指すニュアンスが強い。動詞としても使うが、その場合はボミングと言うことが多い。

「素性を詮索（せんさく）するつもりはないと言っておいて何ですが、それは、以前より付き合いのあるユーザーから？」

大宅は「全然知らないアカウント。私、どのＳＮＳでもＤＭ開放してるから」と首を振ってから「もしかしたら知り合いの可能性はあるけど」と含み笑いを浮かべた。

「完全な匿名（とくめい）アカウントだったから、実際、誰か分からない。アイコンは初期設定で、ＩＤもランダム文字列」

「徹底していますね。私だったら、スパムかと思って無視しちゃうところですけど、結構こういうＤＭって来るんですか？」

「まあまあ。ボムった当人からも貰うし、こんなの見かけたよっていうタレコミもある」

「そういうの、全部撮りにいくんですか？」

「余程のことがない限りは」

少し間を置いて「つまり、ブラックロータスの最初の作品に何か他と違うものを感じたから特別に撮りにいったわけではなかったんですね」と確認すると大宅は頷いた。

「あっちも、だから私に連絡したんじゃないかな。大宅なら撮ってくれるだろって」

「それで、実際、行ってみて、どう思いました？」

「カードが置かれてるなって思った」

私と大宅は同時に噴き出した。

「でも、バズったねえ、あれ」

大宅はゆっくりと、感慨深げに言った。

「私は、あれにはそんなに感心はしなかったんですよね。それこそ本当にカードが置いてあるだけだって」

あの作品が広まったのは大宅のおかげだろうと私が持論を語ると、「いや、そこ含めてブラックロータスの功績だと思う」と返された。

「見た瞬間に、どうやって写真を撮ればいいのか分かったからね。ウケるだろうなと思いながら撮った。私はライターではないから、貢献は何もしてない。ただ、拾い上げるだけ」

これについては謙遜ではなく自負と呼ぶべきだろう。大宅の口調は力強い。

「ブラックロータスの方からは何かリアクションは来ましたか？」

「ありがとうみたいな？　そういうのはなかったな。というか、言ってほしくないよね。

媚(こ)びられたくない」

「それは同感です」

一般的には恩知らずな態度だろうが、グラフィティライターやストリートアーティストがそうした礼儀を見せるのは少し違うと思ってしまう。ブラックロータスに限らず、こうした人種は社会的なルールから逸脱(いつだつ)していてほしい。

「来たら来たで応対したけどね。でも、来なくて良かったと安心したってことは結構センスあると評価してたんだろうな。期待してたからミスターブラックロータスとわざわざ呼んだわけだし」

そうだろうな、と頷いた。大宅の普段の投稿では煽(あお)るようなハッシュタグは付けられていない。連絡が来て、写真を撮りに行くまでは他の有象無象のライターに対する扱いと同じだったかもしれないが、その先は明確に違う。

「次に連絡が来たのは」

「二作目の時。その後もボムったタイミングだけDMが来た。『ここでやった』という位置情報と、本人が撮った写真のセット。だからコンタクトは計四回」

「あっ、二作目以降もブラックロータスから連絡が来ていたんですね」

ブラックロータスの作品は四作とも大宅が完品の状態で撮っていて、どのメディアでもその写真が使われている。作品が撤去される前にプロフェッショナルが撮影してくれていることはグラフィティライターにとって幸福なことだとずっと思っていたのだが、ブラックロータス本人が狙っていたことだったわけだ。

「だから全部、私が一番乗り……とまでは言えないけどね。グラフィティやストリートアートは、展示されるのが街中だから」

「でもブラックロータスの作品だ、と認識できたのは大宅さんが多分、どの作品でも一番でしょうね」

私が言うと、大宅は「ううん」と顎に手を当てて、考え込むように俯いた。数秒の沈黙を挟んでから「それは違うかな。そういうものではない」と語り始めた。

「ストリートの世界は、誰が書いたか、作ったかで評価が変わるものではない。そこにあるもの、それ自体で判断される」

「予備知識とかなくて、目の前にあるものを感じたままでいい、みたいな話ですか。芸術鑑賞でよく言われるような」

「それは作品と作者を別なものとして観ようって話でしょ？　グラフィティの場合、署名だから作品と作者は一体。そういう意味で目の前にあるものだけで完結しているってこと。鑑賞者はそれ以上のことを考える必要はない」

分かるような、分からないような、というのが素直な感想だった。それを言葉にするのは余りに情けないので押し黙っていると大宅が「ストリートには先も後も要らない。声を発した今だけがある」と、これまた形而上学的な台詞を付け足してくる。私が理解できるところまで落とし込むのはこの場では無理そうだ。話を切り替えることにした。

「ここまでの話でそこの温度感がいまいち分からないので聞きたいのですが、大宅さん自身はブラックロータスについて、どう思っていますか？」

「グラフィティ的な感覚のストリートアーティスト。街に声を刻む人」

即答だった。

「『VOTE　ME』のようなものを書き続けてほしいな。強烈で、反抗的で、ストリートでしか表現することができない。街の声がそのまま詰まっている」

私は「街の声」とノートに書き留めて、更に下線を引いた。ブラックロータスの作品が心に響く理由として、使うことができそうなフレーズだ。あくまで〈使えそう〉であって、答えを見つけられたという感触ではないが。私の胸に届いているのは「街の声」ではないように思う。

「大宅さんとしては、そうした、ブラックロータスが刻む街の声をこのまま追っていきたい、という感じでしょうか」

「そうだね」

大宅は頷いてから「ブラックロータスにとってのミスター・ブレインウォッシュになりたいと思っている」と微笑んだ。また調べなければいけないものができたと私がメモを取っていると、大宅は突然立ち上がって、腕を広げた。

「私、渋谷が好きなんだよね」

「そうなんですか」

つい冷たく反応してしまった。

「色々な人がいて、色々な声が街に刻まれている。渋谷にはストリートがある。だから」

大宅は先ほどよりも私に近寄る形で座りなおした。

「リニューアル後の宮下公園には腹が立っている」

周囲を見渡してから「明るい商業施設になっちゃったから？」と尋ねた。

「それじゃ、渋谷のビル全てに苛立ってなきゃいけなくなるな」

大宅は鼻を鳴らしてそのまま続ける。

「宮下公園というカルチャーが盗まれている感じがするのが、嫌なんだ」

決して形而上学的な話ではないのに、私は上手く飲み込めなかった。

「長年、街と一体だった宮下公園というブランドをそのまま使って〈街の象徴〉ですって顔して物を売っている。精神的には違うのにストリートを名乗りたがる。さっきわざわざ通った飲み屋もそうだよね。雰囲気だけ盗んでいる。こんなに新しい建物なのに」

大宅はベンチを手の甲で叩く。ヒビでも入れようとしているみたいだった。

「大宅さん、さっき、僕がガード下でシブヤ・アロープロジェクトがグラフィティかと聞いた後、宮下公園が丁度いいって言いましたよね。それは」

「ストリートと、そうじゃないのにストリートを利用しようとしているものの違いが分かりやすいから、丁度いいって意味」

大宅は「理解できたかな?」と煽るように私へ顔を向けた。私は、大宅のサングラスに反射している自分の顔の方から目を逸（そ）らしながら、頷いた。

3

私が、大宅へのインタビューで痛感したのは、自分がグラフィティやストリートアートについていかに無知であるかだった。

〈ティエリー・グエッタ〉と検索エンジンに打ち込んで、画面にミスター・ブレインウォッシュという文字列が表示された時は声が出た。ミスター・ブレインウォッシュはストリートアーティストで、その本名がティエリー・グエッタだというのだ。どちらかに呼び方を統一してくれれば混乱の素(もと)が一つ減ったのにと大宅を少し恨(うら)んだが、本来、ストリートアートの世界に多少なりとも興味を持つ者なら知っておかなければならなかったことらしい。バンクシーが監督を務めた映画『イグジット・スルー・ザ・ギフトショップ』で、主役といっていい立ち位置に就(つ)いていたのがグエッタだからだ。

『イグジット・スルー・ザ・ギフトショップ』は英米では二〇一〇年に公開されたドキュメンタリー映画だ。アカデミー賞にノミネートされ、日本でも二〇一一年には劇場公開されたとのことだが、私は存在すら認知していなかった。サブスクリプション契約をしている動画配信サービスで提供されていることを知ったのでそのまま鑑賞したのだが、もっと早くに観ておけば、と後悔した。強烈な映画だった。

　観ている間、私はずっと「果たして自分は何を観させられているのだろうか」と頭の上に疑問符を浮かべていた。映像の筋そのものが意味不明という類(たぐい)ではない。むしろ分かりやすいと感じる。冒頭でバンクシー本人が登場して説明してくれる通り、ストリートアートを撮り続けた男を追うドキュメンタリーだ。

その男こそがグエッタだ。ロサンゼルスで古着屋を営むグエッタには、一風変わった趣味、というよりも性癖があった。ビデオカメラを肌身離さず持ち歩き、自分が見るもの全てを映像として残しているのだ。仕事中も、プライベートも、家にいる時も、外に出る時も。そんなグエッタだから、自身のいとこがインベーダーという名前でストリートアーティストをやっていると知り、その活動に同行した際も当然ビデオを回していた。

各地でボムするインベーダーに付き合っているうちにグエッタは段々と、この新しいカルチャーのことを好ましく思うようになっていく。インベーダーを通して知り合った他のストリートアーティストやグラフィティライターにも付き添うようになり、気がついたらグエッタの手元には有名無名問わず、世界中のグラフィティの記録映像が揃(そろ)っていた。コレクションを見渡したグエッタは野望を抱く。この映像を繋ぎ合わせて、ストリートアーティスト達の活動を総括するドキュメンタリー作品を作ったら、とんでもない傑作が出来上がるのではないか。

ストーリーとしては呑(の)み込みやすいが、そのせいで「これは何なのだ」と疑問符が浮かんできてしまう。まるでフィクション作品ではないか。グエッタのような人間がいたからこそ、こういう作品を作ることができたという体(てい)なのだが、起きている間ずっと懐(ふところ)にビデオカメラを抱えて生活している人間がいたという大前提が余りにも作り物じみている。だが、画面に映るストリートアーティスト達も、書かれるグラフィティも、全て実在のもので、これはドキュメンタリーだと私に伝えてくる。ありそうもないのにあり得ている、居心地の悪いこの感触は、グエッタがバンクシーと邂逅してから、更に強くなる。

グエッタの手元に唯一映像がなかった著名グラフィティライターがバンクシーだった。グエッタの構想しているドキュメンタリーのためにはバンクシーはどう考えても必要なパーツだ。グエッタはコネクションを辿ってどうにかバンクシーに連絡を取り、活動の撮影に漕ぎつける。バンクシーの方も、自分がボムしたあとの様子を記録してくれる人がいるのも悪くない、と思っていたのだ。つるはしを使って殺害された電話ボックス、ディズニー・ワールドのアトラクションの中に設置された人形、ロサンゼルスで開催された『かろうじて合法』展……幾つかの有名なバンクシー作品の記録映像が、グエッタが撮ったものとして流される。

無事バンクシーの映像を手に入れたグエッタが満を持して撮りためた映像を編集し、狙い通りのものを作り上げたところから、映画の筋が暴走を始める。不穏さはありつつも、一応はバンクシーが宣言した通りストリートアートを撮り続けた男のドキュメンタリーと総括することのできた話が、そんな一言では言い表せないものへと姿を変えるのだ。

変貌は、グエッタが作りあげたドキュメンタリー作品が散々たる出来栄えだったという事実を切っ掛けとして始まる。これは、もはや映像作品として成立していないと酷評したバンクシーは、自分が代わりに監督をやって、映画を作ってやると宣言する。それがこの『イグジット・スルー・ザ・ギフトショップ』だというのだ。

ここまでで完結した笑い話になっているが、物語はまだ終わらない。バンクシーがグエッタに、ドキュメンタリー作品の方は自分が作るから、お前も撮っているだけではなくアーティストになってみてはどうかと勧めるのだ。グエッタは言われるがまま、ストリートアーティストとして活動を始める。そこで名乗るのがミスター・ブレインウォッシュだ。

グエッタが作り始めたアートは、バンクシーが酷評した映像と同様で、酷いものだった。この世界について調べ始めたばかりの私でもバンクシーや他のグラフィティライターの表面的な模倣でしかないことが分かる。だが、グエッタ本人はそのことに一切気づかない。調子に乗りに乗った末、駆け出しのストリートアーティストがするには無茶な、大規模な個展を開いてしまう。

この個展が大失敗すれば、皮肉な因果応報の話として綺麗に終わることができただろう。だが、困ったことに、グエッタは大成功してしまうのだ。訪れた客はグエッタのアートに感動し、作品も飛ぶように売れた。

バンクシーをはじめとした仲間たちは皆、呆れ果てる。自分たちが積み上げてきたステップは何だったのか。そういうものを全て飛ばして、ろくでもない作品を作ったグエッタが大成功してしまった……彼らの嘆きが語られて映画は終わる。

どこまでが真実で、どこまでが皮肉なのか、観終えても分からない。ミスター・ブレインウォッシュを調べると、本当に立派なアーティストとして扱われていて、日本でも個展が開かれていたりする。〈ミスター洗脳〉とわざわざ自称しているくらいだから、事の顚末すべてがそういう意図の創作であるという気もするのだが、どこまで調べても確証は得られない。画面に映るグエッタの能天気な顔の向こうにバンクシーの哄笑が聞こえてくるような、そんな鑑賞体験だった。

映画のおかげで大宅の話の理解は深まった。バンクシーでさえ撮影者を必要としていたのは映画に描かれていた通りだ。大宅のあの発言は、ブラックロータスの作品をグエッタのように撮り続けたいということなのだろう。また、グラフィティやストリートアートとはどのような人たちが作り上げてきたカルチャーなのか少し分かった気がする。

同時に、大宅にインタビューをした時のように生半可な知識で取材を続けるわけにもいかないとも改めて感じた。

4

私は、ブラックロータスについての取材を続けるにあたり、大宅から著名なグラフィティライターへの紹介を受けることができていた。だが、完全なる素人（しろうと）である現状のままインタビューをするというのは気が引けた。大宅を含めストリートの世界でのトップ層からのみ話を聞くというのもどうかと思われ、私は、連絡を取ることに中々踏み切れなかった。

そんな時に出席したライター仲間との宴会で、ブラックロータスについて調べていて今こうしたことで悩んでいると漏らしたところ、サブカルチャー系雑誌によく記事を書いているサム長岡（ながおか）というライターが「親戚にグラフィティを書いている奴がいる」と教えてくれた。それなら話を聞きたいとお願いすると、有難いことに顔を繋いでもらえた。

戸塚千里（とつかちさと）というのが長岡の親戚の名前だった。父親が経営している塗装店に勤めていて、二年ほど前から店のサービスの一つとしてグラフィティペイントの仕事を引き受けるようになったという。早速、本人と通話をしたところ、丁度、近くに依頼が入っているとのことだったので現場を見せてもらえることになった。
十一月に入ったためか、大宅へのインタビューを行った時と比べると気温が多少低くなったが、陽に当たるとまだ、しっかり汗ばむ。ＪＲ高円寺駅を北口から出た私は上着を小脇に抱えて馬橋通りへ向かった。住宅街を貫く決して広いとは言えない通りを北へ少し進んだ後、もう一本、もっと細い道へ折れたところに、目的のビルがあった。ビルといっても三階建てで、住宅街の中でむしろ肩身狭そうに見える。今はテナントが入っていないらしく、建物自体の名前の他は何の看板も出ていない。正面の駐車場に戸塚塗装と書かれたトラックが停められているのを確認してから私は電話をかけた。程なくして、ビルから戸塚が現れた。

「今日はよろしくお願いします」

事前の通話はZoomを利用したので戸塚の顔は知っていたが、その時とは違って今日は化粧をしていない、あるいは薄くしているようで、印象が違った。毛先が肩にかかる程だった髪も今は上げてタオルを巻いていて、両耳がはっきり見える。歯を見せて笑う明るさがある一方、口調や仕草には職人らしい堂々とした落ち着きぶりもあり、私は自分より数歳若いこの女性に、既に職業人としての羨望の念を抱いていた。

グラフィティならB系ファッション、と思っていたわけでもないが、戸塚がいかにも塗装屋という格好をしていたのは少し意外だった。塗料で汚れたデニム生地のエプロンに、黒の長袖シャツと茶のチノパンという服装だ。そのことを話題に出すと戸塚は「あー」とエプロンの肩紐を摘みあげた。手には軍手をはめていた。

「これでも普段よりは身軽なんですけどね。ヘルメットとかないし、ゴト着じゃないし。でも、ぶっちゃけエプロンはいらないかも。スプレーは汚れないんで」

一度言い切ってから、戸塚は「ミスらなければ」と付け足した。

「始めちゃいましょう。準備はできてます」

案内されるがままビルの二階に上がった。戸塚がドアノブを引くと、室内からゲーム音楽が漏れ出る。私もプレイしたことがないような、古い、ファミリーコンピュータ時代の名作ゲームのサウンドトラックだった。戸塚が自身の作業のためのＢＧＭとして流しているものだろう。

「ダンススタジオ、ですかね」

私は部屋を見渡した。壁の一つが鏡張りになっていて、床はフローリング敷きという内装だった。いずれも半面ほどビニールのシートで養生されている。

「レンタルスタジオ兼ダンススクールらしいです。ヒップホップダンスとかも教えるみたいで、それでグラフィティをそこに、という依頼です」

戸塚は入り口から見て奥、コンクリート打ちっぱなしの壁を指さした。

「靴はその段ボールの上で脱いじゃってください。床を傷つけちゃうとまずいんで」

言いながら戸塚は手を使わずにスニーカーを脱いだ。私もそれに続く。靴下越しのビニールの感触に、妙な懐かしさを覚える。文化祭みたいだ。

「お一人で作業されるんですか?」

今、他に誰もいないというだけではなく、気配が感じられない。これからグラフィティが書かれるのであろう壁の近くに、戸塚の仕事道具らしいものがまとめられたカゴが置いてあるのみで、部屋全体ががらんどうな印象だ。

「ですね。グラフィティの仕事はほとんど一人でやっちゃいます。重い道具もないし」

戸塚は話しながら、壁際に寝かせてあった三脚を組み立てた。

「動画も、こうやって三脚で撮っちゃいますね」

「何のための動画ですか? お客さんが証跡(しょうせき)で欲しがっているとか?」

「タイムラプス撮って、TikTok にあげるんですよ。結構見てもらえますよ。そこから依頼とかももらえちゃったりして」

戸塚は三脚にスマートフォンをはめて、レンズを壁へと向けた。良い角度を作ることができたらしい。戸塚は満足げに頷くと、録画を開始するのだろう、画面をタップした。

「今回のイメージはこんな感じです」

戸塚は仕事道具の中からスケッチブックを拾い、ページをめくって私に向けた。漫画で爆発や叫び声を表す際に使われるような刺々(とげとげ)の吹き出しの中に「LET'S DANCE!(レッツダンス)」という一言が陰影をつけて書かれていて、それを囲むように縦横に大小様々な音符が配置されている。吹き出しは薄い青、文字は赤、音符は黄の油性ペンで綺麗に着色されていて、これだけで一つの作品として完成しているように見える。

「こういうの、事前に作るんですね」

「お客さんに幾つかのパターンを提案して、どれが好きかを選んでもらいます。ブレイキングダンス踊ってる棒人間を入れる案が個人的にはお気に入りだったんですけど、ボツにされました。キース・ヘリングのパクリぽかったのが駄目だったのかな」

戸塚はスケッチブックを開いたまま持って、腕を壁へと伸ばした。しばらくの沈黙の後、「よしっ」と小さく言い、壁にスケッチブックを立てかける。体を起こしながらエプロンのポケットから白のチョークを取り出し、掲げるようにすると、ゆっくりと壁に近づけた。

そこからは一息だった。躊躇(ためら)う様子を一切見せない素早さで戸塚の手が動いた。縦に引かれた曲線に横線が付け足されたのを見て、私は、戸塚が「LET'S DANCE!」をLの字から書き始めたのだと遅れて把握する。ＢＧＭに合わせるように軽快な音を立てて、チョークが壁を走っていく。描き出される線の柔らかさと矛盾するようだが、戸塚が文字を壁に刻みつけているという印象を持った。見とれている場合ではない、と私は慌ててノートとシャープペンシルを取り出す。戸塚の手を目で追いながら、雑感を書き留めた。

　吹き出しまでアウトラインを書き切ると、戸塚は先ほどスケッチブックを持って立った位置までチョークを持ったまま下がった。しばらく壁を見つめたあと、小さく頷いて、チョークをしまった。

「こうやって下書きするんですね」

　ここで質問を投げる。ひと段落ついて空気が緩んだと感じたのだが、振り返った戸塚の眼は鋭く、表情に張り詰めたものがまだ漂っていた。私と目が合った瞬間に破顔する。

「立ちっぱ辛くないですか？　その辺座っちゃっていいですよ」と私に勧めてくれた。

「あたしだけかもしれませんけどね。グラフィティをチョークで書く人は、どっちかっていうと、それで完成なんじゃないですかね」

「下書きなんて基本的にしない、ということですか」

「いや、流石にピースを書く時は、ボムとかする人でも下書き入れるとは思います」

　ピースというのは、〈マスターピース〉の略で、グラフィティの種類の一つだ。言葉の響きからも察せられるようにグラフィティの中でも特に高度なものに当たる。アートやデザインの型としてグラフィティが語られる際、多くの人が真っ先に想起するであろうカラフルでポップな文字、あれがマスターピースだ。文字に限らず、キャラクターの他、何かをモチーフにしたイラストでもマスターピースと扱われるが、最低でも三色以上のスプレーが使われていることが成立条件になる。パブリックイメージに反し、実際に書かれているグラフィティの数としてはかなり少なく、街中でボムされていることはほとんどないと言っていい。単純な話で、書くのに技巧の他、時間を要するからだ。いつ誰が通りかかるか分からない都会で、マスターピースを書けるわけがない。この手の凝ったグラフィティを拝む為には、山の中のトンネルであったり、大きな河川にかかる橋桁であったり、ある程度、街から離れたところでないとならない。

グラフィティライターが実際によく書くのは、〈タグ〉や〈スローアップ〉と呼ばれる、もっと速く書ける字体だ。タグは単色の線で文字を書く。ブラックロータスが二作目でキャンバスに書いたのが、まさにこのタグだ。スローアップはもう少し凝っていて、一色か二色で、文字のアウトラインを書く手法だ。タグを書くことをタギングと呼ぶ。スローアップはそのままで動詞になる。たとえば、戸塚がチョークで書いた文字がこれで終わりになるのなら、戸塚はチョークでスローアップをした、と表すことができる。

「でも、そういう人の下書きって、最初からスプレーでやっちゃうんですよね。チョークは余りない。材質によっては塗料を弾いちゃうとか、線のイメージがスプレーとは違うとか、色々理由はあると思いますけど」

「戸塚さんがそうしないのは？」

「仕事だからですね」

私は「仕事」と戸塚に聞こえないくらいの大きさで呟（つぶや）いた。思い出していたのは、大宅の言っていた精神性の話だった。戸塚はそのまま続けた。

「失敗できないんで。違うなあ、と思った時、チョークならすぐ線を沢山重ねて修正できるし、何なら大幅にアウトラインも変えられる。最終的には跡も残らない。スプレーだとちょっとそれがやりにくい。そういうわけで」

戸塚は言いながら屈みこんで、カゴの中から底の深いツールボックスを引っ張り出した。

「あたしがスプレーを使うのは、ここからです」

戸塚がツールボックスの留め金を外す。中から溶剤の香りが漏れ出てきたような気がした。近寄って覗き込むと、何本ものスプレー缶とスプレーノズルが整列されているのが見えた。戸塚は迷いのない様子で缶を一つ取り出す。こうして出し入れする時にどれがどの色か判別できるようにだろうが、スプレー缶は、缶の頭の部分が中の塗料の色で塗り分けられていた。戸塚が手に取ったのは白色らしい。

学生の頃、私にもスプレー缶を使う機会があった。部活動の勧誘用の看板を制作するためだったと思う。美術室から借りてきたスプレーで青色の塗料を板に吹きつけるだけの、一瞬で終わる作業だった。塗っている最中のことよりも、手遊びに缶を振って、溶剤と塗料を攪拌（かくはん）するための球を延々と転がしていた時間の方をよく覚えている。戸塚の手つきにはそうした子供っぽさは一切なかった。必要最低限ということなのだろう回数を手元も見ずに振ると、確認するように宙に二度ほど噴射して、壁へ向き直った。チョークの線をスプレーで上書きし始める。

戸塚が今行っているのはイラストで言うところのペン入れの作業だ。複数本引かれたチョークの白線を一本の実線に変えていく。スピードは先程よりも遅いが迷っているわけではなく、ぶれのない線を書こうとする丁寧さからだろう。

白線を一通り引き終わると、戸塚はツールボックスに白のスプレーをしまった。代わりに赤のスプレーを取り出し、ノズルを付け替え、缶を振りながら再び壁に向かう。

「乾くまで待たなくても大丈夫なんですか」

「もう乾いているんですよ」

戸塚は赤線を横に小さく引いた。先ほど書いた白線の枠内を塗りつぶしていくように、文字ごとに上から手を左右に振って塗っていく。動きのコンパクトさに反し吹きつけ方は大胆で、白線の上に遠慮なく赤色がかかる。一定のリズムを刻むスプレーの噴射音に心地よさを覚え始めた頃には、文字と文字の間の線もすっかり潰されて、本当に外枠だけがかろうじて読み取れるだけの、真っ赤な塊（かたまり）が壁に出来上がっていた。

　またスプレーが交換されるが、今度の戸塚の手つきは迅速（じんそく）というよりも、もどかしげといった雰囲気だった。取り出されたのは、黒のスプレーだった。一度塗りつぶした白線を戸塚は黒でなぞっていき、L、E、T、と文字を次々に完成させていく。塗料を重ねていくという実際の行為そのものとはやはり矛盾するようなのだが、そこからの戸塚の作業については見ていて、掘り出すという言葉がまず浮かんだ。一度刻んだ後、塗りつぶして埋めたものを、また、掘り返していく。文字の後に書いた吹き出しや音符といった飾りについても、あるべきものを浮き上がらせていっているという感じだ。

　戸塚が、文字に光の表現を入れるために再び使った白のスプレーをツールボックスに戻し、タオルで汗を拭（ぬぐ）ったところで私は声をかける。

「終わりですか?」

「ひとまず」

　戸塚は軍手を外して、私の正面に座る。

　スプレーの噴射音が消えるとBGMのゲーム音楽がやたら大きく聞こえるようになった。

対抗するように少し声を張って労いの声をかける。それから、壁をあらためて見渡した。

「凄いですね」

感嘆のため息が漏れ出た。書いている最中は戸塚の動作を指して刻むだとか掘り出すと表したが、いざ完成品を見ても、やはり立体感がある。パレットの上で色を混ぜ合わせ、筆で描く絵画とはまるで違う、色彩という概念そのものが目に刺さってくるような迫力だ。スプレーで引いた線というのは、こうも力強く、そして滑らかなものなのか。思えばマスターピースと呼べるようなグラフィティを生で見るのはこれが初めてだった。

整理できていないながらも率直な感想を戸塚へ伝えると「ありがとうございます」と口元を隠すようにして笑ってくれた。

「あと、かなり素人っぽい感想かもしれないんですけど、垂れないんですね。街中のグラフィティとか、吹きつけすぎた塗料が大抵、垂れてるじゃないですか」

「そこは腕、ですね」

戸塚は右手で、自身の左腕を叩き音を鳴らす。

「これでも塗装店の娘なんで半端な仕事はできません」

私は自分が今座っているビニールシートを撫でながら「成る程」と納得した。

「ずっと仕事って言っていますけど、それ以外でグラフィティは書くんですか？」

問いかけると戸塚は、手を口元から顎へと移した。

「ボムったりするのかどうかって意味ですか？」

頷くと、戸塚は「しませんね」と答えた。

「イリーガルなライティングはしたことないです」

「こういう、依頼を受けた時だけ？」

「遊びでやったりはしますけどね。身内の土地とか、なんかのイベントとか」

ともかく、ストリートでグラフィティを書いていて、その延長で仕事もしているわけではない、ということだ。

「多分、ルーツが違うんですよ」

「ルーツ？」

聞き返すと、戸塚は右手で拳銃の形を作った。

「あたし、グラフィティに興味持ったの、『スプラトゥーン』からなんで」

私は「ああ」と納得した。『スプラトゥーン』は、任天堂(にんてんどう)から発売されているアクションゲームのシリーズだ。余り意識をしたことがなかったのだが、言われてみればあのゲームのプレイの基本であるフィールドをインクで塗りたくるという行為、あれはグラフィティ的だ。戸塚は「下手なんですけどね。リアルでは友達の誰よりも塗るの上手いはずなのに」と笑った。

「ゲームをプレイしているうちに興味を抱いた、ってことですね。それは、ロゴとか、フィールドに描かれている図柄とか、使われているスプレーアートがかっこよかったから?」

「うーん、それもあるんですけど、どっちかっていうと、かっこいいって思ったのは絵そのものよりも、書くこと、というか」

「ライティングそれ自体に魅力を感じた、って感じですかね」

「そうですそうです」

戸塚は宙へ腕を振った。

「スプレーアートをやりたいわけじゃないし、ああいうのを描ければペンだけでいいわけでもない。全部ひっくるめての『かっこいいじゃん』みたいな」

戸塚のグラフィティへの態度もアートとしてではないのだと私は思った。色々な部分をひっくるめてカルチャーとしてグラフィティを嗜(たしな)んでいる。

「なので、練習しましたね。あたしもかっこよくなるために。そうしている内に、書いてほしいってお願いもらうようになって、お父さんに話して、正式に店の仕事にもしてもらって」

戸塚は「中々でしょう?」と壁へ手をひらめかせた。私は戸塚の顔を見ながら「ええ」と頷く。話をしている内に自分の胸が昂っていることを感じていた。

「そうなると、逆に、戸塚さん自身はボムをしている人たちにはどう思っているんですか?」

「かっこいいと思ってますよ。バイク走らせて、ピース探しに行ったりします」

「あくまで自分は書こうとは思わないってことなんですね」

「そうですね。気に入ったもの見つけたら、スケッチブックに書いてみたりはしますけど」

私は少し間を空けてから「では」と切り込んだ。

「ブラックロータスについては、どう思ってます?」

「そういえば、そういう取材なんでしたね。なんか、関係ないことばっかりですいませんでした」

戸塚は謝る必要のないことに頭を下げた。

「あまりライターって感じに思ってないですね。バンクシーみたいで面白いですけど。レターを書いているのはあれだけですよね、キャンバスにタグ書いたやつ。あと、一応、選挙のもステンシルでやってるか」

レターというのもグラフィティ用語だ。グラフィティとして書かれる字や簡単なイラストのことを指す。

「個人的に一番好きなのはあの、『魔少年女』のやつ」

「『愛キャッチ』ですね。可愛いですよね」

「そうそう。スプレーのラインも上手いんですよ。あたしあそこまで上手く書ける自信あまりないです」

グラフィティライターはそうしたところに着目するのか、と感心する。レターかどうかもそうなのだが、スプレーアートとしての技巧など私は気にもしていなかった。

「次の作品はああいうのが個人的には見てみたいかなって思います。ブラックロータスさん、正直もっとロックな感じなのかなとは思いますけどね。選挙ポスター切っちゃったり」

戸塚の口調は先刻までよりも幾分か冷めているように感じられ、私はこれ以上話を広げる気になれなかった。

5

私の、ブラックロータスについての原稿の掲載先が決まったのは戸塚への取材を終えた翌日のことだった。

持っているコネクションを総動員し、企画書を各所へ提出していたのだが、その中で最も色よい返事をしてくれたのが、週刊誌『ＳＥＳＯ（セソー）』だった。『ＳＥＳＯ』は現役世代の男性向けの総合雑誌で、下世話な記事で話題になることが多いが、一方でサブカルチャーにも強く、特集や連載をよく載せている。書籍化して賞を獲った連載記事も複数出しており、ブラックロータスとグラフィティの件も、そうした将来を見越して会議を通過できたとのことで、はっきり言って、望外の喜びだ。

とはいえ良いことばかりでもなかった。連載の開始時期として、想定よりもかなり早いタイミングを指定されたのだ。時機を逃してしまうというのが急（せ）かされた理由だった。

「ブラックロータスは『ＶＯＴＥ　ＭＥ』の後、既に一週間以上、沈黙を続けていますよね。元々、週単位で作品発表の間を空けているので、まだ騒ぐほどではないでしょうが、連載記事にするからには、しばらくの間ブラックロータスの新規ニュースが入らない状況も想定しておかなければ。『VOTE　ME』の余波が残っているうちにやるのがベストでしょう」

担当になった編集者、清水祐樹（しみずひろき）は私にそう説明してくれた。特に異論はなかったが、私がまだ原稿を書き出すことができる状態ではないことが問題だった。

ブラックロータスの作品がこんなにも心に響くのは何故（なぜ）なのか、答えを見つけられていない。連載の最終回で結論を出せば良くはあるのだが、どこに辿り着くのか目処（めど）すらついていない、背骨の抜けた文章を世に出すことは避けたかった。

清水から正式な締切が連絡されると、私は逸（はや）る気持ちで、次の取材のアポイントメントを取った。連絡することを散々躊躇っていた、大宅から紹介を受けた著名グラフィティライターである。

二人のライターを教えてもらっていた。ONENOWとTEEL（テエル）。どちらもタグネームという、グラフィティライター活動のための名義だ。大宅は実は二人の本名まで知っているらしいが、そちらは教えてもらっていない。グラフィティライターはタグネームで呼ぶのがマナーということなのだろう。私自身、ペンネームで呼び合う業界にいるのでその感覚は理解できる。

先に取材を入れることができたのはＯＮＥＮＯＷの方だった。

ＯＮＥＮＯＷについては例の「ＶＯＴＥ　ＭＥ」の騒ぎがあったので、私も名前をかなり早い段階で知っていた。プロフィールも調べてある。九〇年代から活動を始め、関東圏を中心に無数のグラフィティを街に刻んだ、国内では大御所と呼んでいいグラフィティライターだ。二〇〇五年頃からストリートだけではなく、商業アートの世界にも活躍の場を広げ、高い評価を得ている。話をするならここで、と呼び出されたのも現在開催中の個展の会場だった。

個展が実施されていたのはギャラリーナツビという画廊で、ＪＲの恵比寿(えびす)駅東口を出て都道を五分ほど進んだビルの一階に構えている。車道の左右にオフィスビルやマンションが並ぶ通りだから、グラフィティの展示など浮いてしまっているのではないかと思いながら向かったのだが、画廊そのものは静かに、けれど確かにそこにあるという感じで、出入りする人々も街を行き来する者と変わらない格好だったので少し拍子抜けした。冷えた空気が肌を突き刺す、冬の訪れを感じさせる曇(くも)り空の平日の午後だった。夏が終われば即座に冬が来るような昨今である。

個展には『現代と未来を捉える想像力　街の博物誌』とタイトルが付けられていた。ホームページに出されていた以上の情報はないポスターが貼られたガラス扉を押し開けた途端、目に飛び込んできた原色の鋭利さに「おお」と声が漏れる。

グラフィティがある、と当然のことに対してえらく心を動かされてしまった。室内を、スプレーで書かれた線が縦横無尽（じゅうおうむじん）に駆け回っている。まるで街中じゃないかと錯覚した。数瞬後、壁そのものにグラフィティが書かれているのではなく、キャンバスやパネル、あるいは写真が貼られているだけだと気づく。ストリートのように思えるのは、照明をはじめとした展示の工夫のおかげだ。そこまで把握してもなお、画廊という言葉の響きに対して抱く、行儀の良さそうなイメージにそぐわない、荒々しい雰囲気が空間に満ちていると感じた。

しばらく視線を巡らせた後、私は受付へ向き直った。恐らく画廊の者であろうスーツ姿の中年の男性へ、アポイントメントを取っていることを伝えると、呼び出すからそこで待っていてほしいと言われたので、私は再度、室内へ視線を巡らせる。今度は作品ではなく客を観察した。

途中、出入りもあったが基本的には十人に満たない程度の客入りだった。平日の昼間、大規模なわけでもない画廊の展示ということを考えると上々なのではないだろうか。年齢層は下は学生らしい二十歳前後に見える若者、上は髪の白い老紳士といった感じで、今日が平日だからだろう、その間の世代は見当たらない。気に留まったのは、年齢を問わず、落ち着いた雰囲気の人間ばかりなことだった。楽しげに会話をしながら、ゆっくりと一枚一枚展示を見て回っている老夫婦らしい二人連れもいて、見ているこちらまで穏やかな気持ちになってしまった。

商業アートの場でのグラフィティの展示というのはこうしたものなのかと感心していると、画廊の奥からスキンヘッドの男が歩み寄ってきた。「ＯＮＥＮＯＷさんですか」と聞くと、男は「そうです」とにこやかに笑い、骨ばった、太い血管の浮いている手をこちらへ伸ばす。私は握手に応じた。

ＯＮＥＮＯＷは各種ＳＮＳにアカウントを持っており、積極的に発言もしているが、アイコンや投稿する写真に顔は出していない。メディアのインタビュー記事でも同様だ。今回のアポイントメントも電話で済ませたから、私がＯＮＥＮＯＷの姿を見るのはこの時が初めてだった。

手だけではなく目鼻だちからも芯の通った力強さを感じる。生やしている髭は、手入れをしていないわけではないだろうが、あえて無骨さを残している印象で、漂わせる雰囲気に豪胆さを与えていた。塗料の線が何本も走ったスカジャンという服装も合わせて、何もかもがこのグラフィティだらけの空間に嚙（か）み合っている。

「あっちで話しましょうや」

奥へと案内される。個展全体のコーディネートに似つかわしくない、カフェにでもありそうな真っ白で上品なテーブルと椅子が置かれていた。きっと、画廊自体の備品で、元々配置されていたものなのだろう。

「商談用なんですけど、売れないんで全然使ってないんですよね」

ＯＮＥＮＯＷが椅子を引いたところで「売れてますよ」と私の背後から声がした。振り向くと、先ほど受付をしてくれた男性がコーヒーカップをのせたお盆を持って立っていた。ＯＮＥＮＯＷが「おっと、オーナー」と、わざとらしく肩を跳ねさせる。オーナーはカップを置くと、傍の作品のキャプションに貼られた、売約済を示す赤丸シールを指で突いて去っていった。ＯＮＥＮＯＷは「ごめんごめん」とその背中に謝ったあと、拳(こぶし)をテーブルの上へ置いた。

「やりましょうか」

「お願いします」

私はいつもの取材セットを机上に並べると「事前に説明させていただきましたが」と前置きしてから、今回の狙いについてあらためて話した。

「ブラックロータスね。良いよね」

ＯＮＥＮＯＷが早くも身を乗り出す。

「評価されているんですね」

「気合いが入っている新人は大歓迎だよ。グラフィティってのは結局、そこだからさ」

「気合い、ですか」

「グラフィティってのは何なのかって話にもなるんだけどね」

ＯＮＥＮＯＷは私の目を見て「裕子さんとそういう話してるんだよね？　シグナルがどうこう、みたいな」と尋ねた。頷くと、ＯＮＥＮＯＷはコーヒーを一口飲み「オーケー。俺、馬鹿だから裕子さんみたいには話せないかもだけど」と語り始めた。

「グラフィティってのはライターの叫びだっていうの、俺も同意。なんで叫ばなきゃいけないかっていうと、世の中が聞いちゃくれないからってのもその通り。俺がグラフィティ始めたのは、あれからなんだ。『ワイルド・スタイル』」

「名作映画ですね」

ここぞとばかりに知ったかぶる。手軽な鑑賞手段がなかったから観てはいないが、下調べをしてあった。

『ワイルド・スタイル』は一九八三年にアメリカで公開された、ヒップホップを題材にした映画である。ここでいうヒップホップは、音楽のジャンルだけで終わらない、ダンスそしてグラフィティを含めたカルチャーとしての意味合いだ。主役がグラフィティライターなこともあって特にグラフィティにフォーカスされているという。一応フィクションではあるが、ドキュメンタリーと言ってもいいくらい公開当時のニューヨークのサウス・ブロンクスでのヒップホップ文化を忠実に映像に収めているとのことで、一つの伝説になっている作品だ。ONENOWは「よく知ってるね」と笑ってくれた。

「ビデオで観て、わけわかんないまま真似(まね)て書きだしたんだ。そこらへんの電柱とか塀(へい)にやりまくった。しかも自分のサインを書くものだとか知らないから、知ってる英単語適当に書くだけ。とにかく初期衝動を叩きつけてた。今思えばタギングでもなんでもなかったかもしれないけど、俺も『ここにいるぞ』って宣言したくなったんだよ、『ワイルド・スタイル』を観て。権力者がいかにそれを抑えつけようとしても、俺は居続けるんだって」

思いが次々飛び出てくるといった様子に、私の胸まで昂っていた。大宅が語っていたグラフィティ観と確かに同一なのだが、グラフィティライター本人から聞くと、違った感慨があった。

「だから気合いが必要なんだ。国にもポリスにも負けないっていう。グラフィティライターはスタンスが反権力じゃなきゃいけない。最近さ、グラフィティもどき、多いじゃん?」

「もどきと言いますと」

「ピースっぽいやつを描いた看板とか、グッズとか」

「ストリートじゃないのに、ストリートのふりをしているやつ」

大宅の台詞を借りてそう返すと、ＯＮＥＮＯＷは「そう！」とテーブルを叩いた。受付の方から、オーナーが咳払いする音が聞こえた。

「俺に言わせりゃ、ああいうのは許せない。ボムしたことない奴が、グラフィティライターを名乗らないでほしい」

私は、喉元まで込み上げた言葉をコーヒーで飲み込んだ。

「ボムをすることが偉いなんて思っちゃいない。むしろ、偉くないよね。だからこそ、やってないやつにグラフィティとか言ってほしくない。権力に立ち向かう覚悟がないならさ」

「成る程」

「その点、ブラックロータスは気合いがある。『ＶＯＴＥ　ＭＥ』！」

ＯＮＥＮＯＷは指を鳴らした。

「ネットでも、ＯＮＥＮＯＷさん、褒めてましたね」

「あれ、最高だよね。法律とかそういうのを気にしない、政治家どもに思い知らせる、強烈な一撃。ユーモアもある。凄く良い。ブラックロータスには、ああいうのをもっとやってほしいな」

「ONENOWさんは、そういうところでブラックロータスを評価してるんですね」

「そう。ストリートの、街に生きる俺たちの声がある。まさにグラフィティだと思うよ」

私はここでも「成る程」と頷いた。

その後は、ONENOWのグラフィティ観や、日本のグラフィティ業界の話について話が広がっていった。自分の知らないことを知るというのは何度やっても楽しい時間で、これはこれでかなり有意義ではあったが、聞けば聞くほどに私が求めているものからは離れていくようだった。目的が曖昧なまま取材を続けてしまっているせいだろう、話題のコントロールをすることができなかった。

一通り話を終えたところで、今回の展示を見せてもらった。解説をしてくれないかとお願いしたところONENOWは「グラフィティは解説なんてするものじゃないから」と断ったが、それぞれの作品について書いた時の思い出話はしてくれて、それが一つの解題になっていた。私が気に入ったのは横に長いキャンバスに、黒のスプレーで、稲妻のような線を何本も引いた作品だった。

「タイトルはいちいちつけちゃいないけど、強いて言えば『セルアウト』ってところかな。

完全に売るために書いたやつ」

ＯＮＥＮＯＷはあまり気に入っていない様子だったが、売るために書いた、本人がグラフィティに求める要素が薄いものだからこそ良いと私は感じた。そうした出自のこの作品でさえ、ストリートの気配のようなものが確かに漂っている。一瞬にスプレーを閃かせて書かないと出来上がらない荒々しい線は贅肉の一切のっていない鋭さで、書道家の筆捌きをも彷彿とさせる。

去り際、作品につけられた値段を確認し、私は小さくため息を吐いた。

6

私が、ＴＥＥＬに会いに多摩川へ向かったのは、ＯＮＥＮＯＷへのインタビューを終えた翌日の夜だった。

ＯＮＥＮＯＷと比べると、ＴＥＥＬについては会う前に入手できた情報の量が圧倒的に少なかった。個展やファッションブランドとのコラボレーションはおろか、商業メディアでの露出すらろくにない。雑誌で取材されたことくらいはあるようだが、インターネット上には痕跡がなかった。本人のＳＮＳアカウントも存在しない。私が見つけることができたのは、個人のブログやＳＮＳでの噂話に似た投稿だけで、素性不明の度合いはブラックロータスと良い勝負だというのが事前調査をしている最中の率直な感想だった。

大宅はＴＥＥＬについて、歩んでいる道は違うがＯＮＥＮＯＷと並ぶライターだと紹介した。ストリートの精神を持ったまま様々な方向へ活動の場を広げていくグラフィティライターの代表がＯＮＥＮＯＷなら、ＴＥＥＬはストリートに居続ける人間の代表なのだという。何をもってそう言っているのか首を傾げる私に、大宅はＴＥＥＬの書いたグラフィティの写真を見せてくれた。

何の店のものかも分からないが、シャッターに、ＴＥＥＬというアルファベットがアウトラインだけ書かれている。スローアップだ。青のスプレーでいかにも軽く吹き付けられているそれを見て、私は声をあげた。見覚えがあったのだ。

私はその場で自分のスマートフォンを開き、目当てのものを探した。すぐに見つかった。私の住んでいるアパートの近くの公園のフェンスに書いてあったスローアップの写真だ。大宅のものと並べてみると、間違いなさそうだ。書かれているのはＴＥＥＬという文字であるし、Ｔの字の上辺左端をたんこぶのように膨(ふく)らませた特徴的な書き方もそっくり同じだ。更に驚いたのは私が撮っていたのが、その一枚だけではなかったということだ。カメラロール内に他にもTEELのタグやスローアップがあったのだ。その瞬間まで一切意識をしていなかったのだが、私が撮ってきたグラフィティのスポットには、そのほとんどにTEELのサインが存在していた。ブラックロータスの調査を決意してから大宅と会うまでの短期間で、「あそこ落書き多かったな」と無軌道に廻（まわ）っただけだというのに。

「あくまで私の知る限りだけど、日本で一番スローアップを残しているグラフィティライターだと思う」

大宅が言うのなら間違いないだろう、と私は思った。

TEELが伝えてきた待ち合わせ場所は、駅でも喫茶店でもなく、川崎（かわさき）市内、多摩沿線道路沿いのセブン‐イレブンだった。東急東横（とうきゅうとうよこ）線の多摩川駅を降りて橋を渡り、横をトラックが飛ばしていく夜道を進む。コートのボタンは、この道を歩き出してから留めた。

道中、ガードレールや電柱にグラフィティを幾つか発見した。スプレーの付けすぎで滲（にじ）んでしまっているタグや既製品に落書きしただけのステッカーで、面白みは感じなかったが、資料として撮影した。取材を始めてから、街中にあるグラフィティによく気づくようになった。興味が湧いてきたから、これまで視界に入っていても意識していなかったものが見えるようになった、というだけではなく、どういったところにグラフィティが書かれるものなのかが感覚的に分かってきたような気がする。カメラロールが一スワイプ分、新発見のグラフィティで埋まった頃に、目的のセブン‐イレブンの明かりを道の先に見つけた。

ＴＥＥＬらしい者は見当たらなかった。ホットのカフェラテを買って、イートインスペースで待機する。運送業者の需要を見込んでいるのだろう、建物そのものよりも駐車場の方が広いタイプの店舗で、見通しは良い。待ち合わせの二十一時を二分過ぎたところで、目印のダークレッドのニット帽を被った男が駐車場に現れた。私はコーヒーの残りを飲み干し、カップを捨てた。

外へ出てみると、男は車止めに腰かけて駐車場へ顔を向けていた。「ＴＥＥＬさんですか？」と声をかける。それで初めて私が既に着いていたことに気づいた様子だった。店内には入らず、外で私を待つつもりだったらしい。

「どうも」

ニット帽に、上までジッパーを閉めた襟（えり）の高い紺色のジャンパーという格好だった。キャリアからして私より歳上の筈（はず）だが、その程度の年格好すら読み取れない。面と向かって話さなければ、眼の周辺しかまともに印象に残らないだろう。その眼が特に鋭いわけではなく、むしろ穏やかな光を宿しているのが少し意外だった。ストリートに居続けるグラフィティライターの眼光というのは、もっと鋭いものかと勝手に想像していた。

「中で何か温かいもの飲んでいきます？」

イートインスペースの方へ誘うとＴＥＥＬは首を振った。

「大丈夫。むしろ暑いんで、今」

ＴＥＥＬの体からぼんやり湯気が立ち上っていることに気づいた。汗と制汗剤が混ざった臭いもする。「何か運動でも？」と尋ねるとＴＥＥＬは体を回した。

「スケボー、ですか」

ＴＥＥＬが背負っていたのは、縦に細長い独特の形をしたバッグだった。スケートボードの持ち運びはこうしたバッグを使うことがあると知識としては知っていたが、実際に使われているところを見るのは初めてだったので、恐る恐るの回答となった。

「ここの近くにスポットがあってね」

「グラフィティではなく、スケボーの」

スポットという単語は色々なストリートカルチャーで使われている。グラフィティの場合は書きやすい、あるいは書きたくなるようなところを指し、スケートボードの場合は気兼ねなく滑ることができたり、トリックを決めやすいところがスポットと呼ばれる。

「グラフィティのスポットでもあるかな。俺もあれこれ書いちゃってるし」

「依頼されてですか？」

「まさか。スケートのスポットになっているのも、別に許可もらっているわけじゃない」

ＴＥＥＬは、なんでもないことのように言った。

「だから、クールダウンをさせてもらってもいい？」

私たちは道路を横断して、土手に上った。多摩川に沿って伸びるアスファルト敷きの道には街灯もろくにない。それでも道向かいの建物の明かりや通り過ぎる車のライトで視界ははっきりしていて、所詮は街中、という感じがした。

「グラフィティを始めた切っ掛けは、何でした？」

私は話を切り出した。ＯＮＥＮＯＷの時と違ってブラックロータスの取材ですという前置きから始めなかったのは、本題に入る前にＴＥＥＬ本人のことをもっと知っておきたかったからだ。

「あれ、もう、始まってる？」

そうです、と頷いて、私はスマートフォンを取り出す。

「録音しても？」

「どこかに公開しないなら」

私が礼を言いながら画面をタップするのと同時に、ＴＥＥＬは「でも、写真や動画はやめてほしい。公開するしないにかかわらず」と付け足した。語調が強めだったのでここでは深く突っ込まずに「了解です」と返す。

「やりだしたのは、ライターやってた知り合いに誘われたからってだけ」

「何の関係のお知り合いですか？」

「スケーター。中坊の頃から通ってたスポットにいた先輩がトミーって呼ばれてて『なんでトミーなんすか』って聞いたら、タグネームだと教えてくれたわけ。ＴＯＭＭＹ。で、お前もやってみなよって始めた」

「身近な人間関係からのスタートだったんですね」

「そうそう。昔からスポットになってるところにはグラフィティ書かれてたし、雑誌にも特集はあったから、何も知らないわけでもなかったけどさ」

ＴＥＥＬは懐かしむように幾つかの誌名を挙げた。いずれも二〇〇〇年代に発行されていたストリートカルチャーの雑誌で、既に廃刊となっているものだった。

「そうやって書き始めて、楽しいとなった感じですか？」

「楽しい……ではないな。どっちかっていうと、負けたくない、だったね」

「どなたに」

「最初はＴＯＭＭＹ」

ＴＥＥＬはそこで歩みを止め、土手に立てられた広域避難場所の案内板を覗き込んだ。まさか避難経路を確認しているわけでもあるまいと私も見てみると、地図の上に黒いスプレーで何か書かれている。タグだ。

「グラフィティって、練習しないと上手く書けないんだよ」

「確かに、これは余り上手ではないのかな、と思っちゃいますね」

経年で塗料が流れてしまったというわけでもないだろうに、文字の形がはっきり読み取れない。線も硬く、全体的な文字のバランスまで悪かった。

「ＴＯＭＭＹって、スケートは全然俺よりヘタクソだったんだけど、タグやスローアップ、すらすら書けててさ。それがムカついたから、俺も上手く書けるように頑張った。ＴＯＭＭＹを超えたら、今度はもっと上手い奴を超えたくなって、しばらくはそれの繰り返し。気がついたら」

ＴＥＥＬはジャンパーのポケットからスプレー缶を取り出した。掌（てのひら）よりも少し大きい程度の缶で、私はまず、こういった商品が存在していることに驚いた。そんなピントのずれた反応をしていたくらいだから、続いたＴＥＥＬの行動には思考を追いつかせることもできなかった。

ＴＥＥＬは案内板に向けてスプレーを噴射した。腕の振り方は小さかったが、範囲は広い。不格好なタグも、元々書かれていた地図や文字も塗りつぶす、たんこぶのように膨れたTから始まるTEELのスローアップが瞬く間に出来上がった。

書き終えたTEELはスプレーの蓋を閉め、ポケットに戻すと再び歩き出して「こんな風に」と話を再開した。

「呼吸するように書くようになっちゃった」

「説得力が、ありますね」

言いながら、私は折角だから写真を撮っておくべきだったか、と振り返った。今から戻るのも変であるし、それでTEELの機嫌を損ねてしまったら嫌なので、場所だけ覚えておくこととする。

「上書きは、自分より下手なものに対してしかやっちゃ駄目なんでしたっけ」

「よく言われるけど、どうなんだろうな。実際は、タグの上にスローアップ、スローアップの上にピースはいいけど、その逆は駄目ってくらいだと思ってるけど、それもそんな守られてない」

確かに、私が撮りためていた中にも、マスターピースの上に雑なタグが書かれている写真がある。

「グラフィティって結局、輸入品なんで、そういうの多いよ。自分よりも上手いものに上書きしちゃいけないとか言っても、日本では結局、そこらへんに書かれているのスローアップやタグだから。上手い下手とか、ちゃんと分かる？　さっきのタグくらいクオリティ低いなら別だけど、そうじゃなきゃ、分からないでしょ」

頷くしかなかった。たとえば、ＴＥＥＬのスローアップがどのように上手いのかについて、私は説明できる言葉を持っていない。

「ライター同士なら、ある程度は感覚で分かるけど、マジでヴァイブスだから人によって違うよね、究極的には。他人にとっては最高でも、俺にとっては違ったりする」

ＴＥＥＬは「バンクシーに感動したことなんてあるかよ、とか」とジョークのように続けたが、私は「そうなんですか」と間の抜けた応答しかできない。

「上書きするとき気をつけるのは、上手下手より、誰のグラフィティか。有名な人や、死んじゃった人のタグは消さないようにしている」

「……その人の存在を示す、署名だから？」

ＴＥＥＬの反応は芳（かんば）しくなかった。「そんな立派じゃない」と笑う。

「ボミングなんて、結局ただの軽犯罪だし」

「そのくらいの感覚なんですか」

「大宅さんとかにとっては、違うんだろうけどさ。偉い人のタグを消したくないのは怒られたくないからだし、死んだ人のは見えなくなったら寂しいからだし。大層なこと考えちゃないよ。こだわりなんて、空になった缶をポイ捨てしないようにするとか、喧嘩はなるだけ避けるとか、そういうのくらい。既に悪いことしてるんだから、せめて他のところではちゃんとしておかないと」

メモを取ることができる場だったら、間違いなく、今のＴＥＥＬの言葉を書き留めて、下線を引いていた。

「結局、書きたいから書いてるってだけだよね。『あそこ書けるじゃん』って思ったら、ボムる。それを繰り返してる」

「結構、色々なところに書いていますよね。大宅さんに聞いたところだと、四十七都道府県全てで書いているとか」

「いちいちメモってたわけじゃないけど、制覇はしたんじゃないかな。十年単位でやってるから、それくらいはね」

ここでも無頓着な態度を見せる。本人が言った通り、呼吸をするように書いているのみ、というのがスタイルなのだろう。羨ましい。

「十年単位とおっしゃいましたけど、キャリアで言うと実際、どれくらいになります？　実年齢を推測させたくないのなら、ある程度ぼかしてくれて構いませんが」

「二十年いくか、いかないかくらい」

「その間、ずっとボムだけ？　何か仕事を依頼されたりとかは？」

「来たことはあるけど、受けはしなかった」

「それは、美意識ゆえですか？」

TEELは照れたように「そんな大層なこと考えちゃいないって」ともう一度言った。

「俺が書いているのが、そういう商品になるようなものとは思えないから。売れるものになるように書くことはできるだろうけど、それじゃなんか違うでしょ」

そうしたこだわりを美意識と呼ぶのではないかと思ったが、口には出さなかった。本人の中では、そう言うと大層なもの、という扱いになってしまうのだろう。

「なら、逆に、お金をもらって仕事をしているグラフィティライターについてはどう思っているんですか」

「特に思うところはないよ。デザインでもアートでも動画でも、勝手にすればいいんじゃねえの、っていう感じ。俺が時々クルー組む奴にも、そういうのやってるのいるし」

クルーは、グラフィティ用語で一緒にボムする仲間のことを指す。こだわりがないことは確からしい。自分がボムすること以外には大して関心がない、という風に見えた。

「ブラックロータスはアートやりたいんだろうな、と思っちゃうけど」

思いがけずＴＥＥＬの方から本題に入ってくれた。私は「というと」と続きを促す。

「やってることがバンクシーじゃん」

「皮肉を効かせたストリートアートを出している辺りが、ですか」

先ほどのバンクシーへの口ぶりからして、ポジティブな意味ではないだろうと感づいてはいる。案の定、ＴＥＥＬは「そういうことじゃなくて」と返してきた。

「世間受けの狙い方が、すげえ上手いのが、バンクシーっぽい。僻みとか妬みじゃないってことを前提に聞いてほしいんだけど」

頷いた。ここまで話を聞いて、ＴＥＥＬがそうした感情を他のグラフィティライターに抱くような人間だとは思わない。

「バンクシーって、広告というか、自分の売り込みが上手い人間だと思ってるんだよね。たとえばさ、『バンクシーって誰？』って言うじゃん」

「そんな個展がありましたね」

「考えてみてほしいんだけど、バンクシー以外のライターの素性って、そんな知ってる？」

プロフィールを公表しているグラフィティライターやストリートアーティストの名前を出しかけて、言葉を止めた。ＴＥＥＬが言わんとしていることを察した。

「大抵は皆さん、顔出ししませんね。TEELさんからしてそうですが、ONENOWさんとかもメディアで顔は出していない」

「そうなんだよ。だって、ボムって、違法なんだから。顔がバレたら困る。俺、バンクシーが素性不明のグラフィティライターって言われているの見る度に頭痛が痛いかよって笑っちゃうんだよね。でも、バンクシーが受けるのって、そういう謎に満ちたアーティストというイメージのおかげってのが絶対あるじゃん。キャラ作りが上手いなって」

TEELが使わないであろう言葉を使用するのなら、ブランディングというやつだ。

「作品でディスっている先とかも、誰からも憎まれないところ選んでるよね」

「それは……どうでしょうか。結構、尖っていると思いますけど」

「なんて言うかなあ。バンクシーの作品って賛否両論にはならない路線だと思っちゃうんだよね。見た人みんながその通りって思うでしょ？　資本主義の馬鹿馬鹿しさがどうとか、戦争反対とか、反対する人、いる？」

反論らしいものの種は私の胸の中にはあった。たとえばミッキーマウスとドナルド・マクドナルドが泣き叫ぶ全裸の少女と手を繋いでいる「ナパーム弾の少女」を、誰からも憎まれないと総括していいとは思えない。紛争地域に残したグラフィティだってそうだ。書いているところを、その地域の軍隊や警察に見つかったらただでは済まないだろう。

だが、TEELの言いたいことは分かる。私自身、バンクシーの作品を見る時は常に賛同している気がする。「金を稼ぐことしか考えないエコノミック・アニマルへの皮肉」「我々が見ないようにしている紛争の現実を浮き彫りに」といった言葉を使う時、私の中にバンクシーへの反発は一切ない。バンクシーの「反逆」は、我々日本人にとっては全て「そうだそうだ」と無邪気に賛同できる程度の「反逆」である、というのは、恐らく正しい。ポジティブに言い換えるなら、大衆の代弁者ということになるのだろうが。

「ポップっていうか、分かりやすさ全特化って感じ。怒る人がいない。ブラックロータスもそうだよねというのが俺の見方。目先の金のことばっか考えてるリーマンとか、グラフィティなんてやっている不良とか、偉そうな政治家とか、ディスったところで、誰か本気で怒る？　みんな、『よく言った！』って賛同するでしょ」

ここまで聞いてきた中で、最も鋭い評価だと感じた。ブラックロータスが切り取ったのは「街の声」であるという大宅の言葉と言っていることは同じなのだろうが、主従が逆だ。「街の声」を代弁したからブラックロータスは人気があるのではなく、ブラックロータスは「街の声」を代弁することによって人気を得ようとした、という理屈だ。

「おっ」

突然、TEELが立ち止まった。

東急東横線の線路が走る橋が頭上にかかっている。もうここまで来てしまったのか、と私が呑気なことを考えている内にTEELは「書けるな」と呟いて、駆け出していた。先刻と同様だ。私は動けなかった。

TEELはフェンスに身を乗り出すと橋桁にスローアップを書き始めた。車道に向けて叫んでいるような大きさで、TEELと書き切る。スプレーの音が響いている間、車も自転車も、歩行者も通らなかった。ただ、抗議をするように頭上を電車が走り抜ける音と振動だけはした。

書き終わるとTEELはそのまま走りだした。それを見て、私の体がようやく動くようになる。土手を進むTEELを必死に追った。

「あれは、流石に、まずくないですか」

走ったのは一分にも満たない時間だったと思うが、私の息はすっかり切れていた。TEELの体も再び火照っているようで、待ち合わせ場所で会った際と同様に、湯気が立ち上っているのが見える。

「あんな目立つところ……防犯カメラとかもあるでしょうし」

私が言うとTEELは目を細めて、まず、ニット帽、次にジャンパーの襟を指で弾いた。このために顔を隠していたのか、と今更ながら気づく。

「実際、目立つところだから、書きたくてもずっと書けなかったんだよね。邪魔されそうだからさ。夜でも人通りあるもんね、ここ」

タイミング良く、私達の真横を車が通り抜けていった。

「でも、さっきは誰も通らなかった。書けるじゃんって、体が動いちゃった」

「はあ」

うまく言葉にできず、気のない返事になってしまったが、ライターとしては興奮していた。インタビューをしているこちらからは想像もつかない、別の価値観の言葉を拾えたことは収穫ではある。とはいえど、流石に腹に据えかねる気持ちもある。

「こうしたグラフィティは、みんな反対するものでしょうね。下手なタグの上書き、といった大義名分も何もない」

皮肉っぽく言うとTEELは「ブラックロータスはやらないだろうね」と声を出して笑った。私もそれに釣られて、噴き出してしまう。

「でも、ブラックロータスも、あれだけはなんか違ったな」

ひとしきり笑った後、TEELがぽつりと言った。

「あれ?」

「選挙ポスターのやつ。あれは、みんな賛成って感じじゃない」

確かに「ＶＯＴＥ　ＭＥ」は否定派が圧倒的ではあった。

「それは手法の話ですよね。政治家を攻撃するコンセプトは問題ないってのがさっきの話でした」

「そう。選挙ポスターを切るってのが、なんか、そこまでの作品とは違う」

「二作目でヴァンダリズムを批判していましたもんね。でも、それはＯＮＥＮＯＷさんの言っていた理屈通りじゃないんですか」

「そこなんだよなあ」

まだ興奮が冷めていなかったのだろう、ＴＥＥＬは握ったままだったスプレー缶をようやくポケットへしまった。

「その、政治家だから切ってもいいじゃんっていうのが、らしくない」

「どういう意味ですか」

「ブラックロータス、多分、結構若いと思うんだよ。作品のノリみたいのが俺みたいなおっさんからは出てこない。で、俺もスケートやってるから若い子と話すこと多いんだけど、今の子って、相手が偉いから何してもいいってのは、余り思わないと思うんだよな。誰に対しても暴力反対、犯罪反対っていうかさ。俺がグラフィティやってるって言うと基本ドン引きされるし」

そういえば戸塚も「ＶＯＴＥ　ＭＥ」については確かに、少し冷めた態度を取っていた。

「皮肉をぶつけるまでは怒られないと思う。けど、ポスター切るかな。結局、炎上したのってそこからじゃん？　なんか、あれだけ違うんだよな」

「特別、政治家への怒りが強かったんですかね」

「あるいは、あそこだけ別の誰かがやったか」

私は「えっ」と呟いた。ＴＥＥＬの言葉を脳で嚙み砕くよりも前に、背骨の辺りから悪寒のようなものが駆け上がってくる。思いもよらないところにあった何かが頭の中で繫がって、胸の鼓動を加速させた。

「それはつまり」と言いかけて踏みとどまる。確認するべき相手はＴＥＥＬではない。大宅だ。

7

私は、りんかい線の東雲駅を降りて、重い曇天に突き刺さるように伸びるタワーマンション群の内の一棟へ向かった。

ＴＥＬと会った翌日の午後だった。『ＳＥＳＯ』編集部の清水から提示された締切日時が迫っていたので、大宅には至急会わなければならなかったのだが、連絡したところ、向こうも急ぎの仕事があって自宅を離れることができないという。少しなら時間を作ることができると電話やZoomでの通話を提案されたのだが、できることなら対面で話したい内容だったので、折衷案として私が大宅の自宅を訪ねることになった。

大宅の住むグランタワー有明は、駅を出て都道を豊洲方面へ五分ほど歩いたところにあった。広い道と、それを挟むように立ち並ぶ巨大な建造物だけがある、人間の体温を感じられない光景に多少萎縮しながら、都道の方へ開いてくれているスロープを上がった。エントランスは二階部分になるらしい。中に入り、マンションコンシェルジュへ用件を伝えると、もう一つ自動ドアを抜けた先にあるラウンジへ案内された。まるでホテルみたいだ、と思ってから、自分の小市民ぶりに嫌気がさす。ここに住む日常を想像すらできていない。

コンシェルジュは二階カフェラウンジと呼んだが、高い天井に外に面した二面ともにガラス張りの壁、余裕を持って配置されたデスクに椅子と、部屋は恐ろしく開放的な印象で、私が仕事に使うカフェにあるような窮屈さは欠片もない。全てが悠然として動じることがなさそうだ。室内がやたらと眩しく、真っ白に見えるのは外が暗いからだけではないだろう。

大宅は、この空間を独り占めしていた。隅のテーブルでMacBookを開いている。傍らにはスターバックスの紙カップも置かれていた。

大宅が「やあ」と顔を上げる。ベレー帽にサングラス、といういつもの格好をしているのは私が来ることを知っていたからか、それとも、いついかなる時も自分のブランドを守ろうとしているからなのか、どちらだろうか。後者だろうという気はした。「すいません」と何かに謝りながら私は革張りの椅子を引いた。

座ってもなお落ち着かず、視線を彷徨わせていたところ大宅と目が合った。照れる気持ちで「豪華なマンションですね」と言うと「まあね」と返された。

「父親の遺産で買ったんだけど、維持費だけで足が出そう」

大宅はディスプレイへ視線を戻しキーを数回叩くと、MacBookを閉じた。

「悪いね。こんなところへ来てもらって」

「いえ、こちらこそ」

「ブラックロータスの話？」

私は唾を飲み込んでから「そうです」と頷いた。

「紹介していただいたＴＥＬさんからお話を伺って、どうしても確認したいことができたんです」

　そのまま、昨日ＴＥＥＬが言っていた「ＶＯＴＥ　ＭＥ」に対する違和感について話す。大宅は「ふうん」と気もなさそうに言ってから私の手元を一瞥した。

「今日は録音はしなくていいの？」

「してもいいんですか？」

　大宅の眼を見据えようとした。見えたのはやはり、サングラスに映る私の顔だけだったが、今度は目を逸らさない。

「ご自由にどうぞ」

　大宅は眉を動かさずに言った。私は膝へ爪を立てるように手に力を込めながら「ブラックロータスではない別の誰かがやったとすれば」と話を続けた。

「大宅さんですよね。ブラックロータス作品を誰にも見られない内にいじることができるのは、本人からボムったという連絡をもらえる大宅さんしかいない」

「この間も言ったけど、街中に展示されているという性質上、私が一番乗りとは言えない」

「偶々大宅さんが到着する前に、偶々公園を通りかかっただけの人が、偶々ポスターを切り取ることができる道具を持っていたって言うんですか」

大宅は恐らくはコーヒーが入っているのであろう紙カップを口に運んだ。

「ポスターを切り取ったのがブラックロータスではない、という根拠はないよね。ただのTEEL君の勘だ」

「作風にそぐわないというのは十分な証拠だと私は思います。グラフィティやストリートアートはそれ自体が書いた人そのものなのだから、作品間で矛盾があるのはおかしい」

大宅が俯いた。私は言葉を継ぐ。

「あそこだけ誰か別の人がやったとすれば大宅さんしかいない、と気づいた時、一つ思い出したんです。大宅さん、ブラックロータスにとってのミスター・ブレインウォッシュになりたいって言いましたよね？　あれ、ブラックロータスの作品や活動を撮り続けたいって意味かなと思っていたんですけど、実は違うんじゃないですか」

「というと？」

大宅は顔を上げたが、先ほどまでの無表情ではない。口が笑っている。余裕の表れという風には見えなかった。かといって追い詰められているが故の苦笑いでもなさそうだ。インタビュアーが思いがけず鋭い質問を投げた際に相手が顔に浮かべる「やるじゃないか」という評価、あれに近い。

「大宅さんは、グラフィティライターのタグネームと本名をちゃんと呼び分ける人だ。実際バンクシーが活動を記録してくれる人を必要としたという文脈では、ティエリー・グエッタと呼んでいた。ミスター・ブレインウォッシュになりたいとあなたが言うのなら、それはカメラマンのグエッタではなく、ストリートアーティストのミスター・ブレインウォッシュを指していると考えるべきなんです」

私は深呼吸を挟んで、続けた。

「大宅さん、あなたはアーティスト側になりたかったんじゃないですか。ブラックロータスの作品から影響を受けて。だから、ブラックロータスの作品を上書きすることで自分のアートを作った。そういうことなんじゃないですか」

これが私の出した結論だった。フォトグラファーとしてグラフィティやストリートアートを撮り続ける側だった大宅だが、実は密(ひそ)かに作品を作る側になりたいという願望を抱えていた。ミスター・ブレインウォッシュのように、自分自身のグラフィティを作って評価されたい。ブラックロータスから「ＶＯＴＥ　ＭＥ」の場所と写真がＤＭで送られてきたその日、大宅はとうとう欲望が抑え切れなくなり、カッターを片手に現場に向かった。こうした経緯で、誰もが賛同する作品を作り続けてきたブラックロータスらしからぬ賛否両論の作品が出来上がった。

この仮説で全てに理屈が通る。私が書くべきブラックロータス論について、不純物がなくなる。ブラックロータスの作品がどうしてここまで見た人の心を捉えるのか？　それはバンクシーと同じで、誰もが賛成しやすい意見を受け入れやすい形式でストリートアートに仕立て上げてくれるからだ。これだけだと余りにもＴＥＥＬの意見そのままだから「街の声」のように他の人が語った言葉を絡めたり、独自の言い回しや見解も入れて私の文章にしなければならないだろうが、些末な部分だ。

ただ、あくまで理屈なのが気にかかった。欲していた文章としての背骨ではない。大衆に受ける理由ではあっても、私がブラックロータス作品に感動した理由では決してない。まだ、何かが足りない。大宅と顔を合わせて確認をしたいと考えたのは裏付けを取るためだけではない。ブラックロータスに狂わされて、アーティストになろうとした大宅の感情を直接浴びることによって、足りない何かが埋まってくれるかもしれないという期待もあってのことだ。

だが、私に向けられたのは想定外の感情だった。大宅は、呆れたようにため息を吐いたのだ。

「違うよ。まるで違う」

「どこが、でしょうか」

「ミスター・ブレインウォッシュになりたいと言ったのは、アーティストやライターになりたいって意味じゃない」

大宅は首を振ると「あの後『イグジット・スルー・ザ・ギフトショップ』を観たのかな？　会った時は、そもそも名前にピンときていなかったみたいだったから」と私へ尋ねた。

「はい、観ました」

「あれはどういう映画だと解釈した？」

私は少し間を空けて「ティエリー・グエッタという、グラフィティやストリートアートを撮り続けた男が、センスもないのにアーティストとして大成功してしまう映画」と答えた。大宅は「そこまでか」と再度、ため息を吐いた。

「私はもう一歩踏み込めると思う。あれは、ミスター・ブレインウォッシュが、バンクシーらの作品を壊す映画だ、と」

壊す、と小声で復唱するも、意味は取れていない。

「バンクシーやインベーダー、シェパード・フェアリー……あの映画に出ていたレジェンドは皆、意味を持った作品を街に刻み、それがアートの世界で評価されていた。そんな中、ミスター・ブレインウォッシュは意味のない作品を作ったのにもかかわらず同等の評価がされた。これは何を意味する？」

「バンクシー達のやってきたこと、ひいては作品の否定。つまり破壊、ということですか」

「その通り。ミスター・ブレインウォッシュは、バンクシーらが作品に込めた意味なんて、実は無意味だったのだと反転させたんだ。痛烈だよね。芸術作品を評価し、市場価値を決定する者やシステムに対しての皮肉というのはバンクシーがやり続けているものだから、私はこの破壊まで含めてコントロールされたアートだと思っているけれど。とりあえずこの映画の中に限定して語るのなら、ミスター・ブレインウォッシュはバンクシーらの作品を壊した、というのが読み取れるストーリーだと思う」

分かってきた。というより、大宅が語ったことは、全体がバンクシーのアートではないかという部分まで含めて、私が『イグジット・スルー・ザ・ギフトショップ』に対して読み取ったことと同じだ。ただ、読み取れた事実の解釈や解像度が異なっている。大宅は、私が困惑するだけで終わってしまった領域について、はっきりとした言葉に落とし込むことができている。

「だから、私の言う、ブラックロータスにとってのミスター・ブレインウォッシュになりたいっていうのは、そういう意味」

「ブラックロータスの作品を壊したかった、ということですか。誰もが褒めて終わるようなブラックロータスの作品を賛否両論が沸き起こるようなものに仕立て上げたかった。だから、選挙ポスターを切った」

「その通り」

「どうして?」

大宅は今まで、作品に手を加えるなんてしていなかったはずだ。フォトグラファーだから撮影時の演出程度なら行ったことはあるだろうが「VOTE　ME」に対しては明らかに一線を越えている。

「ブラックロータスがグラフィティというカルチャーを盗もうとしているから」

「どういう、意味ですか?」

「私がやった選挙ポスターのカットがなければ、ブラックロータスの作品って、全部リーガルなんだよ」

ここまで、冷静とは言わないが、どちらかというと淡々とした調子だった大宅の口調が変わっていく。熱がこもり始める。

「カード、キャンバス、パネル、それぞれ置いただけ。厳密には、ストリートに物を置く時点でイリーガルではあるんだけど、まあ、誰も目くじら立てないよね。ここまでリーガルに徹しているのは何故か。私には分かったよ。ブラックロータスには、法を犯す覚悟がないんだ。けど、グラフィティライターあるいはストリートアーティストとして名を揚げたい。だから、ボムったという実績だけ掠め取って知名度を上げていこうとした。ボムって言えば大宅なら拡散してくれるだろうって毎度毎度、連絡してきた。許せる？」

私は、ONENOWがボムしないのならグラフィティライターを名乗るなと言っていたことを思い出していた。TEELが、最近の若者は誰に対してであっても暴力や犯罪には反対していると言っていたことも。法律は破りたくないけどグラフィティライターとして認められたい。ブラックロータスの「ボム」はこの二つから生まれる葛藤を乗り越えるための折衷案だった、というのが大宅の意見なわけだ。

もしそれが本当なら、確かに、大宅は許せないだろう。ミヤシタパークと同じように。

「でも、待ってください。それ、本人に確認したんですか？　単純に、ブラックロータスがこれまで出したアイディアがイリーガルにならないラインだっただけで、他意はないんじゃ。これからイリーガルなボムをする可能性だって」

「『愛キャッチ』」

大宅が、私の言葉を堰き止めた。

「看板をブラックロータスが切り取ったんじゃないかとちょっと燃えかけたじゃない？その時、前から剝がれていたって擁護の写真があがったよね」

「ええ」

「あれを真っ先にあげたの、私にいつもＤＭくれるブラックロータスのインスタアカウントだったんだよ」

大宅は続けた。

「それではっきり理解した。ブラックロータスは、イリーガルだと思われることが許せないんだって。本物のグラフィティをやるつもりがない。だから『ＶＯＴＥ　ＭＥ』をイリーガルなものにしてやったの。このまま、カルチャーを盗ませて、商業の世界に進出してゴールには絶対させないって」

私は何も言えなかった。話をしているうちに化粧が落ちたのか、大宅の頰（ほお）に皺（しわ）が浮かんでいるのが見える。その線を見つめながら、謝罪の言葉を発するのをどうにか堪（こら）えていた。私も、ブラックロータスと同じことをやろうとしていたからだ。自分の成功のため、本を出すため、誰かが大切にしているカルチャーを軽い気持ちで利用しようとしていた。

「言ったでしょ？　私はブラックロータスに、ストリートに居続けてほしいの」

大宅は話をそうまとめた。

その後、私たちはこの会合を終わらせる口実を作るためだけの会話を何往復か交わした。大宅は自身の仕事に戻り、私は背中を丸めてグランタワー有明を出た。雨が降り出していた。

　りんかい線で大井町（おおいまち）駅まで戻る。うんざりする程に長いエスカレーターを立ち止まって上り、ＪＲ線へと乗り換え、蒲田（かまた）駅で降りる。平日の午後だったが、電車の中も、駅の外も、肩と肩、傘と傘が触れ合う程度に人がいた。高くても精々五、六階建てのビルばかりが並ぶ通りを東急の蓮沼（はすぬま）駅の方へと進み、細い道へ折れる。個人経営のドラッグストアの二軒隣にあるベージュ色の外壁の三階建てアパート、ハイメゾン蓮沼の最上階が私の住処（すみか）だった。ドアを開ければトイレと風呂以外は一目で見渡せる六畳一間の洋室だ。

　ノートパソコンを入れたままの鞄をデスクへと投げ出すと、積み重なっていた本が崩れた。舌打ちをして、バンクシーの画集や、ストリートアートの評論本を元に戻す。貼られたままにしていたブックオフの値札シールが急に気になって、剝がして、丸めて、ゴミ箱へ投げた。

ブラックロータスが、沈黙を破って第五作を発表したのは、私にとっては『SESO』の締切当日の朝で、どうにか文章をでっちあげようと夜通しキーボードを叩いている真っ最中だった。

その作品はやはり、大宅のInstagramアカウントから写真がアップロードされ、ブラックロータスの新情報に飢(う)えていたファンの手により瞬く間に拡散された。私は原稿のために大宅のアカウントを確認した際に気づいた。#MrBlackLotusというハッシュタグを確認せずとも、写真が視界に入った時点で、私の胸は既に昂っていた。

後に町田(まちだ)市と相模原(さがみはら)市の都県境近くと特定されたのだが、雑木林の中で撮ったらしい写真だった。モチーフにしたのは、昆虫採集のトラップだろう。二本の竿竹(さおだけ)にシーツを弛(たゆ)まぬように張って、そこに投光器を向けている。とはいえど、もう冬だから昆虫は集まっていない。当然だ。ブラックロータスが集めようとしたのは、カブトムシやクワガタではない。今回の仕掛けは、シーツを張った足元にあった。ブラックロータスはそこに、様々な色のスプレー缶を並べていた。

例に漏れず作者の意図は明白だ。ブラックロータスはこの作品を見た者へ、グラフィティを書いてみろと挑発している。スプレー缶も、書くためのシーツもそこに用意した。おまけに場所は人目につかない林の中だ。

美術雑誌『日々芸術』は高架下にキャンバスを並べた二作目の深化と評価をした。あの作品ではグラフィティライターとして既に活動している者たちのヴァンダリズムを批判したが、今回は逆に、書かない者たちを挑発している。書く者を非難する、あるいは賞賛するだけで満足か。お前も書いてみろと誘っているのだという分析だった。深化ではなく二番煎じじゃないかと批判する声もあったが、ＳＮＳでもメディアでも、この『日々芸術』の考察から大きく逸れる意見は挙がらなかった。

ブラックロータスの真の狙いが分かったのは、世界中で大宅と私の二人だけだろう。

ブラックロータスが書いてみろと挑発した相手は、顔の見えない有象無象ではない。ただ一人、大宅にだけ向けられている。「ＶＯＴＥ　ＭＥ」にやったように、この作品をいじってみせろ。そういう挑戦だ。

ブラックロータスは大宅に負けなかったのだ。大宅に作品を壊され、お前のやっていることはカルチャーの盗用だと糾弾されようとも、筆を折らなかった。立ち向かった。私は写真を見て、瞬間的にそのことを理解した。

私は、自分の中に背骨が入ったのを感じ取った。

どうしてこうも、ブラックロータスの作品に私の心は動かされてしまうのか、ようやく分かった。ブラックロータスの声が聞こえたからだ。「俺はここにいる。これを書いたぞ、作ったぞ」という叫びが。

ブラックロータスが行ってきたことが何だったのかについては、大宅と話した通りで間違いないだろう。ブラックロータス作品はいずれも一見尖っているようで、誰もが気軽に賛同の声を上げられるようなポップなストリートアートだ。それらを配置することを本人はボムと称していたが、実際は不法行為を犯すことを巧妙に避けている。できる限り敵を作らず、知名度を上げようと、グラフィティのカルチャーを盗用していた。これがブラックロータスの思惑の全てだ。ただ、解釈が私の中で追いついていなかった。私は、ブラックロータスが、何もかも計算ずくでイメージを作り上げていたこと、それ自体に感動していたのだ。

今、はっきり分かった。「ＶＯＴＥ　ＭＥ」を見たあの日に私が感動したのは、作品そのものに対してでも、それを見て浮かれる人々に対してでも、ましてや大宅が手を入れて纏わせたストリートの雰囲気に対してでもない。それら全ての向こうから聞こえてくる、どんな手を使っても成り上がりたいというブラックロータスの叫び声に共鳴していたのだ。同じものを、私も抱えていたから。大宅の糾弾を聞いたあの日は、それ故に落ち込んでしまったこの同調が、ブラックロータスの第五作を見たことによってポジティブなものへと裏返り、おかげで心の中の見晴らしがすっかり良くなっている。

大宅が、最初に会った時、語っていた。まともな手段では誰からも無視されてしまう人たちが、切実な気持ちを伝えたいがため街に刻んだのがグラフィティで、だからイリーガルでも許される、と。私たちが行おうとしたことも、それと一緒ではないか。

何のコネクションも持っていない、ストリート系のアートの道を志す青年が、ONENOWのように商業アートの世界へ殴り込むのに、他にどんな手が使えただろう。戸塚の書くようなリーガルなグラフィティは、いくら技巧的に優れていようとも業界では認めてもらえない。かといって、イリーガルに書いたら非難の的になる時代だ。

私だって、本を出すために、ライターとして名を揚げるために他に良い手段が思いつかないまま長年過ごしていた。それで縋りついたのが、ブラックロータスのネームバリューと、グラフィティというカルチャーの利用だ。

恥ずべきことだとは分かっている。認めてくれとも、許してくれとも言わない。というより、自分の目的のために何をしてもいいとは私も本当は思っちゃいない。

だが、と怒りに似た気持ちが湧くのだ。声を無理やり聞かせるために、他人の所有しているビルや公共物に落書きをすることは許されると言う者らが、ブラックロータスの声は聞かない。それは卑怯(ひきょう)ではないのか。既に自身らの声は広いところにまで届かせる力を得ているというのに。それも、合法的でスマートな手段で立ち向かっているのを理由として！

そこまで考えて、ふと気づいた。私は今までのどの作品よりも強く、ブラックロータスのシグナルを受信している。

なら、私はどうする？　このまま、他人のカルチャーに土足で踏み入ろうとして申し訳ございませんと頭を下げて、無難な記事を書いて終わりとするのか。それも悪くはない。社会的なルールを守る、礼節を知った者の態度だ。だが、本当にそれでいいのか。私の思いはその程度の、切実さの宿らない〈もどき〉なのか。

9

私……大須賀アツシは、書いた。

第二部　イッツ・ダ・ボム

1 ワイルド・スタイル

TEEL(テエル)は、辺りを見渡した。知り合いのスケーターはいないようだった。

地域の有志が川崎市へ働きかけて作ったスポットである。多摩川の河川敷で、傍らには小田急(おだきゆう)線の線路が通る橋がかかっていた。セクションと呼べる程のものは設置されていないコンクリートで舗装されているのみの広場だが、スケーターにとっては使ってもいい平坦な土地というだけで有難い。今日も初夏の陽射しの下、何組か滑っていた。

技を見せあっているグループ、自撮り棒にセットしたスマートフォンで動画を撮っている二人組、淡々と一人練習している者、いずれも学生のように見える。端の方にいる親子連れの父親らしい方だけがTEELと同年輩だろうか。まあいい、とTEELは思う。何人か〈やっている〉奴はいそうだ。

頭上を電車が過ぎるのを待って、ＴＥＥＬはスケートボードをおろした。地面の具合を試すため何回か転がしてから、ようやくしてデッキに体を預ける。ウィールの振動が足の裏へ伝って、脛、膝、腿、腰へ上がっていく心地よさに、低く、口笛を吹いた。

誰かが持ってきたのであろうカラーコーンが広場の中央で横になっている。拾い上げ、立たせた。旋回して向き直る。その場にいる全員の視線が自分に集まってきたことを、ＴＥＥＬは肌で感じた。うしろ足で地面を押して加速をつけていく。十分と判断したところでその足も上げ、姿勢を正した。膝をばねにして跳び上がる。同時に、デッキの後部で地面を弾く。ほんの少しだけ重力から解放される例の感覚に、ＴＥＥＬは一瞬、酔った。デッキの鼻先がカラーコーンの頂点を超えるのを目で追って、前足を擦って体重移動を行う。着地すると、何事もなかったように数メートルそのまま走った。

拍手を聞いて、ＴＥＥＬは拳を小さく握った。たかが物越えを一発打っただけだが、勝った、と思った。まだ、ここにいられる。

小一時間ほど滑った後、休憩のため広場から離れ川の近くへ移動した。座り込んで煙草を吸っていたところ声をかけられた。

「お疲れっす」

「ケンジ」

一回りほど歳の違うスケート仲間だった。ＴＥＥＬは煙草を指に挟んだまま右手を挙げる。

「来てたのか」

「ついさっき。ＴＥＥＬさんのチャリ見て、どっかにいるのかなと探したらいたので」

ケンジはスケートボードを倒し、腰を下ろした。

「結構、久々？」

「ちょっと仕事忙しくなっちゃって。新人教育の担当になっちゃったんですよ」

得意げに見えた。ケンジが大学を卒業してからどれくらいだろうか、とＴＥＥＬは計算をする。確か、三年だ。わざとらしいくらいに短く整えていた髪型が今は少し崩れている。流石に緩めではあるがボタンと襟のついたシャツを着ているのが気になった。ケンジが自然体としてそういう服装が似合うようになっていることと、その力みのなさがスケートパークの雰囲気にむしろ馴染んでいるように感じることに、胸を突かれた。ＴＥＥＬはＴシャツの裾に無意味に指を這わせる。

「いっても休みの日は今日みたいに、なんだかんだ滑りに来てるんですけどね。夜にちょっとスポット行って、みたいのが段々きつく。社会人って辛いですね」

ケンジは煙草に火をつけた。

「でも煙草を人にせびらなくてもよくなったのは良いことかな。次は俺があげる側になります」

「少し寂しいな」

「なら、まだもらってもいいですか?」

ケンジは、そう顔をほころばせてから「金、自由に使えるようになったってので思い出したんですけど」と続けた。

「この間、ブランクデッキ買ったんですよ。また塗装お願いできます?」

「いいよ。なんかリクエストある?」

「どうしよっかな。前のこれは、結構がっつりグラフィティっていうか、ワイルドスタイルで書いてもらいましたもんね」

ケンジは手でスケートボードを立てた。青地に、KENZIと大きく書かれている。TEELがこれを書いてから二年は経っているはずだが、大切に使ってくれている様子で、大きな傷はなく、色もまだ鮮やかだった。

普段のTEELなら余り書かない凝ったレターだった。原色で塗られた文字が立体的に交差する、ケンジが言った通りワイルドスタイルと呼ばれる字体だ。ケンジへは特に説明していないが、海を走るモーターボートをイメージしている。デッキの後部から前へ向けていた。

て勢いよく滑っていくよう字を歪(ゆが)めていて、アウトラインも水しぶきのつもりで弾けさせ
ケンジはデッキを撫でながら「キャラクターとか良いかも」「シンプルに黒でタグ書いてもらうのもかっこいいか」と半ば呟くように言っていたが、急に押し黙った。視線を落として、再び口を開く。

「かなり評判良いですよ、これ」

今更、二年前の仕事について評価を述べたいわけではないだろう。TEELは「それはどうも」とだけ返した。

「結構、調子乗って、何かあるたびに色んな人に自慢してるんですけど」

ケンジはそこまで言うと、息を吸う音を控えめに立ててから、顔を上げた。

「TEELさん、グラフィティ教えてくれって言われたら教えてくれます?」

TEELはケンジの顔を見直した。ケンジは、苦笑いを浮かべていた。

「やりたいの?」

「いや、まあ、俺じゃないんですけど。大学の後輩が」

ケンジは「後輩といっても代はギリ被ってないんですけど」と言い訳をするように言葉を重ねた。

「デッキの写真に食いついてきたんですよ。ＴＥＥＬって人に書いてもらったって言ったら、なんか、グラフィティ興味あったみたいで、会いたいって」

ケンジと在学期間が重なっていないということは精々二十歳すぎくらいか。ＴＥＥＬは川へ向けて、煙を吐いた。

「教えるとか、習うとか、そういうもんじゃないっしょ」

「ですよね」

「まず、書くもんだよ、グラフィティは。書きたいなら勝手にやればいい」

少し、早口になってしまった。

ケンジが「ですよねえ！」とどうしてか語調を強めた。

「俺もＴＥＥＬさんはそういうことするタイプじゃないとは言ってたんですけどね。ありがとうございます」

ケンジは立ち上がると腰に手を当て、背筋を伸ばした。吸殻を携帯灰皿へ入れてＴＥＥＬへ笑いかけてくる。

「つべこべ言ってないでストリートに出なって言っておきます。ＴＥＥＬさんのお言葉だぞって」

「犯罪教唆したつもりはないけどな」

「ブランクデッキの方はお願いしますね。書いてほしいもの決まったら持っていきます」

ＴＥＥＬは広場へ駆けていくケンジの背中を見送った。まだ立ち上がる気になれなかった。煙草をふかす。

広場の周辺は、清潔そのものに見えた。ゴミすら落ちていない。案内看板に書かれている、ルールやマナーを守らなければ全面的に利用禁止にする可能性があるという注意喚起の文言に従っているのだろう。誰しも遊び場を……居場所を取り上げられたくはない。そうでなくてもオリンピックを契機にスケーターのマナー意識は向上してきている。喜ばしいことなのだろう、とはＴＥＥＬも思った。

視線を土手まで上げると景色が変わる。草むらにいつ、誰が捨てたのかも知れないペットボトルやスナック菓子の袋が散らばっているし、土手の向こうの沿道と住宅地を分ける防音壁にはタグやスローアップが書き殴られている。勿論、ＴＥＥＬには、それぞれどのグラフィティライターの手によるものなのか瞬時に分かる。ＯＮＥＮＯＷ（ワンナウ）、Ｂａｄ ｂｏｙ（バッドボーイ）、ヨンハ、ＢＬＵ（ブル）。ＴＥＥＬ本人のスローアップもある。いずれも書かれてから十年は経過している筈だったが、消えていなかった。誰かが消そうとした痕跡すらない。見向きもされていないのだ。この土手や沿道を毎日走る延べ（の）何万人の内これらのグラフィティを記憶に留めている者は数名いるかどうかだろう。別に、見られたいと思って書いたわけでもない、とTEELは考える。

先ほどケンジに言った通りだ。グラフィティは、書きたいから、勝手に書いているもの、それだけじゃないか。書きたいのだろう、自分は。

*

いつからか、ボムをしようと決意して出かけることは少なくなった。

全国各地にスローアップを残していた頃はグラフィティを書くためと旅に出ていたし、近所でのボミングの際も玄関でスプレーを振って、準備万端だと自身を確かめて靴を履いていた。そうした気負いがなくなっている。今のTEELには単純な基準があるのみだ。したい時は、いつでもボムをする。したくない時はしない。

TEELが勤めているホームセンター、エンジョイライフ成城（せいじょう）の閉店時刻は二十一時だ。早番の日はもっと早くにあがることもできるが正社員であるTEELは事務作業を担当せざるを得ないことが多い。大抵は二十二時過ぎに退勤している。そうして店を出た時、背中から缶の中を球が転がる音が聞こえてくるかがボムをしたいかどうかの判断基準だった。

いつだってバックパックの中にはスプレー缶が仕込んである。本来は日によって聞こえる聞こえないなどないはずだが、ＴＥＥＬはそうは思っていない。辺りが静かで、自分が走るのに合わせてバックパックが上下に揺れている時でも、缶の存在を意識できないことはある。逆に、人の声や車の走行音の中で誘うように球が音を立てる時が確かにある。

ボムをするとなれば見える世界が変わる。世界の全てが自分の延長線上になる。あんな服を着たいと考えるように街の中に色を塗りたいところが見えてくるし、伸びすぎた髪や爪を切らなければと感じるように、以前書いて消されたタグやスローアップを書き直さなければと使命感に駆られる。心と身体が求めているからボムをしているのだ、と思えることが嬉しかった。

既にスポットになっているところに自身のスローアップを重ねることはしなかった。書いても良いとお墨付きをもらっているところにボムをして何の意味があるのだ。かといって、グラフィティが今現在ないところであればどこでもいいというわけでもない。感性とタイミングが嚙み合う、世界の空隙(くうげき)のような場所が確かにあって、それを見つけた瞬間に腕が勝手に走る。

ここ最近、その隙間(すきま)を先に埋めるようにステッカーが貼られていることが多い。ＨＥＤというタグネームが書かれたものだ。掌にのるくらいのサイズだが、ワイルドスタイルの字体が様になっているし、何よりも貼ってある場所が良かった。景色の中でふと目につく。

聞き覚えも見覚えもない名前だった。自分の街と思っている空間に新しく、そんな署名が増えていることをＴＥＥＬは嬉しく思い、同時に少し妬ましくさえあった。

その夜も、ＴＥＥＬは新たなＨＥＤのステッカーを見つけた。

タグを書きたいなと目をつけていた場所だった。多摩川の東京側、少し前まで家が建っていたのが取り壊されてできた空き地のブロック塀だった。塀の向こうには公園があって、そちらに立っている街灯がスポットライトのように塀の一部を照らしている。その光の中にタグを一閃、走らせたらと考えていた。いざ書きにいったところ、先にステッカーが貼られていた。閑静で上品な住宅街の中に釘を打つように一点、突き刺さった軽犯罪の痕跡。ＴＥＥＬが思い描いていた通りに、その位置へのボムは効果をあげている。

ため息を吐く。自転車のハンドルを回しかけた。バックパックのドリンクホルダーに差していたスプレー缶が音を鳴らした。ＴＥＥＬはペダルを踏む代わりに、後輪のスタンドを蹴って、自転車を停める。飛び降りる。右手でスプレー缶を抜いた。薄く雑草が生えた地面の上を跳ねるような足取りで塀に向かい、試し撃ちすらせずに線を引いた。ＨＥＤのステッカーの下に名前を刻む。キャップをはめて振り返った時、自転車の横に男が立っているのが見えた。

単に落書きをしているところを見かけたから気になって足を止めた、というわけでもないらしい。ＴＥＥＬと目が合っても尚、動かない。確認を怠った自分へ苛立った。土地の持ち主だったら面倒なことになる。歩み寄ってみて、少なくとも持ち主本人ではなさそうだと思った。かなり若い。二十代に見える。ならいい。ＴＥＥＬは、自転車に跨った。

「ＴＥＥＬさんですよね」

足が止まる。

あらためて見直してみても知らない顔だった。浅黒い肌が、長めに伸ばした黒髪と合わせて闇に溶け込む中、細い眼が輝きを見せている。唇の端を上げているが、笑顔で隠し切ることのできない鋭利さがどこか漂っていた。何かを決意しているようだが、その中身が読み取れない。緩い単色のＴシャツにチノパンというシルエットも、単に没個性的というわけではなく、真の姿を隠そうとしているような不穏さがある。ＴＥＥＬはハンドルを握る拳を固くした。

「怪しい者ではないです」

「まあ、不審者は俺の方だろうな」

ＴＥＥＬが握ったままだった缶の頭を摑み、振り子のように揺らすと、男は「いえ」とシャツをめくり、ウェストバッグのジッパーを開けた。

「それについては、俺もそうなんで」

ＴＥＥＬは目を見開いた。男がバッグから取り出したのはＨＥＤと書かれたステッカーの束だった。

「ちょっと、お話しさせてくれませんか？」

ＴＥＥＬは自転車をゆっくり漕ぎ出した。置いていかれると思ったのだろう、男は駆け足になったが、すぐに察した様子でスピードを緩めた。

「ありがとうございます」

「礼儀正しいな」

「既に悪いことしてるんだから、せめて他のところではちゃんとしておかないと」

聞いて、ＴＥＥＬは眉を顰めたが、男は気づかなかったようでそのまま続けた。

「会いたかったんですよ。自分、ケンジさんの後輩なんです」

「グラフィティを教わりたかったっていう？」

男は「そう言ったつもりではなかったんですけどね」と目を伏(ふ)せた。

「でも、まずストリートに出ろっていうのは正しいなって、やり始めました」

こっちもそう言ったつもりではなかったけれど、と思いながらもＴＥＥＬは頷いた。

「名前は？」

「小山(こやま)といいます」

「そうじゃなくて、タグネーム。なんて読むの、あれ」

「ああ……ヘッドです」

「HED君、良ければステッカー見せてもらえる？」

手渡されたステッカーを触りながら、TEELは「いや、凄いな」と思わず呟いていた。まじまじと見てみても、上手い。誰かの模倣ではなく、本人のスタイルで書かれている。素人臭いところといえば、値の張りそうなステッカー用紙へ印刷がされていることくらいだろうか。商品として売るものでない限り、グラフィティライターでここまで凝ったものを作る者は少ない。街じゅうに貼るステッカーに金なんてかけていられない。HEDのステッカーは、いささか力が入りすぎているとは言えた。それくらいしか文句をつけたくなるところはなかった。

「本当に最近やり始めたの？」

「練習みたいのはしてました。動画で勉強しながら、ノートとかタブレットとかで」

YouTubeなどのサイトで、ライティングのレクチャー動画がアップロードされていることはTEELも知っていた。TEELがグラフィティを始めた時代と違って教材は沢山ある。上達も早いのだろう。だとすると、真に驚くべきはグラフィティライターとしてのセンスの部分かもしれない。ボムをする場所の選択が最近始めた者とは思えない。天性の才能などというものがボミングにも存在し得るのか。

「勉強、ね。それであれも読んだわけだ。ブラックロータスの本」

ＴＥＥＬがため息を吐くと、ＨＥＤは「気づきましたか」と照れたように笑った。先ほどの台詞、あれは昨年ＴＥＥＬが受けたインタビューからの引用だった。

大須賀アツシというライターが雑誌『ＳＥＳＯ』の記事のために行ったインタビューだ。昨年、突如登場し世間を騒がせていた覆面グラフィティライター、ブラックロータスについての取材で、ＴＥＥＬはカルチャーの第一人者の一人として話をした。記事は今年の春に『〈日本のバンクシー〉は生まれたのか　ブラックロータスその実像』という本としてまとまった。ＴＥＥＬはインタビューの御礼として献本をされたが、そうでなくても買って読んだことだろう。グラフィティに関わる者ならば手に取らざるを得ない、スキャンダラスと言っていい一冊だった。

取材を受けた直後はまだ、なんてことのない企画だと思っていた。連載記事の一回としてＴＥＥＬのインタビューの原稿が上がってきても、これまで何度かあった類のものと同工異曲と感じていた。多少よく調べてあっても、グラフィティというカルチャーが話題になる度に作られる、一般社会の連中がライターたちのことを理解できたと勘違いするための文章の一つに過ぎない。そうした侮りが連載の最終回で吹き飛んだ。

ブラックロータスの真の狙い、それを食い止めようとする大物フォトグラファーの企て……書かれていたのは、日本のグラフィティという文化そのものを破壊し得る強烈な一撃だった。フォトグラファーの名前はO氏と仮名にされていたが、グラフィティに少しでも詳しい者ならば大宅裕子(おおやゆうこ)のことだと瞬時に分かる。ほどなくして、選挙ポスターを破損したとして、器物損壊と公職選挙法違反の疑いで大宅が告訴されるというニュースが上がった。まだ裁判も始まっていないが、既に糾弾と嘲り(あざけ)の炎は業界全体を舐め(な)尽くしてしまっている。好きなように利用されたグラフィティカルチャーの人間は惨め(みじ)だと冷笑される状況が続いていた。一方、当のブラックロータスは、旧世代とは違う、公共物への破壊行為を行わない次世代のグラフィティライターとして一躍ヒーローとなり、新作を出す度にそれまで以上の話題を呼んでいる。

「ブラックロータスのファン、というわけではないか。ボムなんかしてるし」

HEDは少し間を空けてから「そうですね」と頷いた。

「ファンになったのはブラックロータスではなくて、TEELさんでした」

TEELは、何も返さず、続きを待った。HEDは「もしかすると、快く思わない言い方かもしれないのですが」と言葉を継いだ。

「TEELさんは一貫したスタンスのグラフィティライターだなと感じました。自分自身がやっていることに自覚的で。あなたと比べるとブラックロータスは安全圏から他人を攻撃しているだけだし、他のライターはそんな奴に踊らされている道化（どうけ）です」

「何も褒められるようなことはしていないと思うがな」

Amazon のカスタマーレビューでも読み上げられているみたいで、ＴＥＥＬはくすぐったさに首を振った。

「その、誰かの評価を求めているわけではないところがグラフィティライターらしいと思うんです」

「それはどうも」

ＴＥＥＬの口が半開きのまま少し固まった。そう言ってもらおうとして、さっきの発言をしなかったか？　実際、ＨＥＤのように、あの本を読んでＴＥＥＬのことを他のライターや関係者と比較して評価する向きがあることは知っていた。それについては何とも思ってはいなかった、そういうつもりでいた。

「これも不快に思われるかもなんですけど、ピュアだな、と思うんです。どうして、ここまで純粋に、ボムを続けられるのか、分からない。なんで燃え続けられるのか」

「燃えている、のかね」

「じゃないとできないと思いますよ。憧（あこが）れます。俺も、少しでも燃えたくって、ボムを始めたんです」

　ＴＥＥＬは、何も答えなかった。

　住宅街から世田谷通りに出ると、車の通りが増える。もう深夜と呼んでいい時間帯に差し掛かっているから、トラックが多い。ＴＥＥＬとＨＥＤに見向きもせず、轟音を立てて何台も連なって通り過ぎていく。

「この辺りで、ステッカー貼るなら」

　見据えるように顔を向けてくる。ＨＥＤは「あそこですよね」と首を振った。道の向かいではなく中央分離帯を示しているのだとＴＥＥＬには分かる。

「いってきます」

　ＨＥＤが車の切れ目に飛び込む。走りながらウェストバッグから取り出したステッカーを、中央分離帯のソフトコーンに手早く、巻くように貼り付ける。剝離紙は、捨てずにバッグへ入れていた。こちらへ向けて頷きかけてきたのを見て、ＴＥＥＬは小さく手を振った。走行車が途絶えるのを待って、息を切らしつつ戻ってきた。

「どうでしょう」

　行為をやり終えたあと特有の、小さな満足感のようなものがＨＥＤの目の中に浮かんでいる。ＴＥＥＬはポールに巻かれたステッカーへ目をやった。オレンジ色のソフトコーンには元々、蛍光反射する白い帯がデザインされている。その帯が車のヘッドライトに照らされ真っ直ぐに光を跳ね返す中、ＨＥＤが貼ったステッカーだけ不自然な鈍(にぶ)い光を闇に戻す。さりげなくも、異物があることに気づくともう目を離せない。良い悪いがあるのなら、良い爆撃だ。そう伝えた。

「ありがとうございます。嬉しいです……ってのも、なんか違うんですかね」

「どうだろうな。そこは人それぞれ勝手でいいんじゃないか」

答えるとＨＥＤは「人それぞれ」と、どうしてか俯いた。一度、ため息のように息を吐き出してから「じゃあ、俺にとってはありがとうございますってことで」と笑いかけてきた。

「これからも頑張りたいです」

ＨＥＤは言ってから、また、「これもなんか違うな」と頭を掻(か)く。その様子がおかしくて「おう、頑張れ」と自然に柔らかな声が出た。とうとう正真正銘の犯罪教唆、というよりも奨励だな、と思う。

「頑張ります」

ＨＥＤが、逸らそうとしたＴＥＥＬの視線を捕まえるように体を動かした。諦めてしっかり見つめてみる。細い目の向こうに炎が見えたような気がした。

＊

ＴＥＥＬにとってＨＥＤとの交流には、昔日を思い出す感覚があった。

路上のタグやステッカーで見知った名前の本体に、塗料を買いに行った先や目をつけたスポットで出会い、相手のことを意識する。見定めるために少しずつ会話を重ねて、段々と同族であると思うようになっていく。ＨＥＤの前はいつのことだったか、ＴＥＥＬは最早おぼえていない。大体、若い年代でボムをする者に会ったこと自体が久しぶりなのだ。ともかく、ＨＥＤとは波長が合った。街を彷徨う時、ＨＥＤがいたら少し嬉しいと思うようになった。合わせに来ているのだろうとはＴＥＥＬも感じていたが、それでも不快な媚びはなかった。

一回だけ、ひりついた瞬間があった。ＨＥＤというタグネームの由来を聞いた時のことだ。

ＪＲ南武線の久地駅近く、東名高速道路の高架下に書かれたハングルについて、これはヨンハのタグだと解説したことが切っ掛けだった。

「別にヨンハって名前じゃないんだけどな。本名は武志」

「韓流好きだったとか？」

「というか韓国人。いや、本人の国籍は結局どっちになったか覚えてないけど、少なくとも親は帰化してないと聞いた」

ＨＥＤは「在日コリアンの方なんですね」と、ＴＥＥＬが何か凄いことを言ったかのように頷いた。

「その時、ヘイトっぽい落書きが川崎で多い時期だったんだよな。そいつらへのカウンターで、ハングルを至るところに書いてやるって言って、やってた」

「意思のあるボムなんですね」

ＨＥＤは太いスプレーの痕を撫でた。

「だから、なんとなくヘイトとか落ち着いたかなって辺りでどっか行っちゃったかな。最近は噂も聞かない」

「へえ……で、結局、なんでヨンハなんですか？」

「親父さんの名前らしい」

「自分の名前じゃないんですか。タグなのに」

「ヨンハ、ハングルの読み書きできなかったんだよ。親父さんの名前だけはどう書くか覚えていたから」

「お父さんの代弁のつもりってことですか？」

「そういうわけでもない」

ＴＥＥＬは説明しながら、ヨンハが自分は日本人のつもりで生きていると言っていたことを思い出す。ヘイト落書きに対して立ち上がったのは、自身の出自とは何も関係がなく、単に許せないからだと熱弁していた。ここには純粋な活動だけが宿っていると語ったヨンハの線は羨ましい程に真っ直ぐだ。

「意味は、ハングルであることにあるってことですね。タグネームそのものではなく」

「上手いことまとめるね」

ヨンハ自身もそこまではっきり言葉にすることはできなかっただろう、とＴＥＥＬは思った。

それで、話がお互いのタグネームについてに移った。

「テエルって、尻尾（しっぽ）の意味なんでしたっけ。テール。スペル違いますけど」

「スペルどころか、普通はＴＥＥＬでテエルとは読まないだろうな。しかし、よく知ってるな」

聞くと、昔の雑誌の取材か何かで答えたものが情報としてインターネットに上がっていたとのことだった。

「スペルは何で変えたんです？」

ＴＥＥＬは「ああ」とスプレー缶を軽く振り、ヨンハのタグの下に自身のスローアップを書きつけた。今書くと思っていなかったのだろう。ＨＥＤが目を丸くしている。笑いながら、二つのＥへ指を引いた。

「書いていて気持ちよくて好きなんだよ、Ｅ。横線が三本、びしっと決まっている感じで、それが並んでいる形も良い」

「フィーリングなんですね、案外。てっきりＳＥＥＮ（シーン）から取っているのかと」

「ＳＥＥＮ？」

「ほら、ニューヨークの。グラフィティ草創期の有名なライターです。『スタイル・ウォーズ』にも出ていた」

ＴＥＥＬは「ああ」と唸（うな）った。

「全然意識してないな。『スタイル・ウォーズ』なんか見ているのか」

半ば呆れながら言った。『スタイル・ウォーズ』は一九八三年に発表されたドキュメンタリー映画だ。当時のニューヨークのグラフィティ文化について、多角的に取材をしたもので、ＴＥＥＬがグラフィティを始める頃には『ワイルド・スタイル』と並ぶ伝説になっていた。ＨＥＤはそんな映画について誇らしげに「当然」と返した。

「『SUBWAY ART』だって買ってます」

マーサ・クーパーとヘンリー・シャルファントの著書『SUBWAY ART』はグラフィティの写真集で、こちらも昔から業界ではバイブルとされている。とはいえTEELは読んだことがない。訳出されていないので、日本では簡単に手に入るものではなかった。それを言えば『スタイル・ウォーズ』『ワイルド・スタイル』だってそうで、近所のレンタルショップに行けば手軽に借りられた類の映画ではない。TEELの世代では努力をしないと触れられないコンテンツだったのに、HEDにとっては当然チェックしておかなければならないもの、らしい。

「勉強してるんだな」

「させてもらってます」

笑顔で返されてしまった。

「で、どうして尻尾なんですか」

「スケボー用語。板の前をノーズ、後ろをテールと呼ぶんだよ」

すると、HEDが「ミスった!」と声をあげた。

「尻尾に対応して頭、のつもりだったんですよ。ヘッド」

TEELは口を何度か無意味に動かしてから「そうだったのか」とまず、返した。嫌な気分だと頭で思った。どうしてか少し上がっていた唇の端を手で下げながら言葉を付け足す。

「ノーズに改名する？」

「N、Z、Eってところですかね。スペルは」

「NOSEにはしないんだ。HEADじゃないのもそうだけど」

「TAILにしないTEELリスペクトですよ、勿論」

TEELはスプレー缶をHEDへ山なりに投げた。咄嗟に反応できなかったのだろう、スプレー缶はHEDの二の腕にぶつかって地面に落ちた。

「リスペクトしてるなら書いてみようぜ、タグ」

HEDが屈んでスプレー缶を拾おうとしているところへ、TEELは笑いかけた。缶を摑んだHEDは逡巡するように手を曖昧な方向に動かした。東名高速道路を走る車の音が、急に大きくなったようにTEELは感じた。

やはり躊躇っている様子だ。若い世代ならではの順法意識との妥協かもしれないが、TEELに憧れてグラフィティを始めたというHEDがボムをするにあたってステッカーを選んだことには、前から引っかかっていた。

「こんな感じ、ですかね」

やっと振られたＨＥＤの手の動きは思いのほか滑らかで、書かれた文字については見事と言っていいくらいだった。文字の詰め方も、線の具合も、つい数十秒前に思いついた名前を書いたとは思えない、こなれた雰囲気がある。しかも、タグではなくスローアップだ。

「良いね。凄く上手い」

「本当ですか？　やった。ありがとうございます」

ＨＥＤはいつもの調子で頭を下げてから、ＴＥＥＬにスプレー缶を差し出した。どこか性急な手つきで、力強さすら感じられた。

「でも、自分はステッカーの方が合ってそうです。名前も、ＨＥＤのままで」

ＴＥＥＬは握手をするようにスプレー缶を受け止めた。

「君のフィーリングがそうなら、それがベストだと思う」

ＴＥＥＬは「なんか悪かったな」とＨＥＤへ笑いかけた。

＊

ボムをしに行った先で偶々よく会うだけ、という体裁をとらなくて良くなるまでにそう時間はかからなかった。連絡先を交換し、示し合わせて街へ出るようになった。

「クルーってやつですね」

ある夜、助手席でＨＥＤが言った。嬉しそうな口調だった。

「チーム名でも決めるか？」

ＴＥＥＬが前を見たまま言うと、ＨＥＤは「良いですね」と応じる。

横浜まで行こうとしている最中だった。大した距離でもないが、ＴＥＥＬは久々の遠征という気分である。そもそもはＨＥＤの提案だった。手の届く範囲の外にもボムをしてみたいとのことだった。ＴＥＥＬには、その気持ちがよく分かった。街を征服する喜びを一度味わったら、もう後戻りはできない。領地をどんどん広げていきたいと考えるようになっていく。

車はＴＥＥＬのものだった。もう十数年乗っているワンボックスカーで、後部座席のシートや壁には塗料が染み込んでいる。そのせいで、何も積みこんでいない時でもどこかシンナー臭が漂っていた。ＴＥＥＬにとっては、好きな匂いだ。かつての配偶者はそうではなかったので、消臭剤なんてものを車内に持ち込んでいた。助手席側のダッシュボードで放置されているが、今やパッケージの文字すら日焼けで褪せて読み取れない。

「ＴＥＥＬさんはそういうボミングクルーって、組んだことあるんですか？」

「あるけど。逆に知らないんだ。珍しいな」

グラフィティについての情報は何でも知っているものだと思っていたとＴＥＥＬが言うと、ＨＥＤは「ネットや雑誌にあがってこないんで知りようがないんですよ。ＺＩＮＥ(ジン)だって古いのは入手できないし。逆にニューヨークとかのがリアルタイムの事情詳しいです」とため息を吐いた。

「一番長くやってたのは、ＴｈＥ(ザ)　ＢＢＦＢ(ビービーエフビー)ってチームかな」

「ビービーエフビー？　なんかの略です？」

「バッド・ボーイ・フォー・ブル……意味はないけど」

ＴＥＥＬは顔を上げた。第二京浜に入ってからもうしばらく経っていて、既に横浜市に入っていた。この辺りなら、と思い出を手繰(たぐ)り寄せ、ハンドルを回した。

「見た方が早いかもしれない」

鶴見川(つるみがわ)を辿るように海側へ十数分、車を走らせた。車を停めたところで窓の外を見ながらＨＥＤが「廃墟、ですか」と何かの感想のように呟く。ＴＥＥＬは「二十年前からな」と応じて、シートベルトを外した。車のドアを開けた途端、熱風がＴＥＥＬの肌を舐めてきた。丁度、廃墟の方角から吹いてきた風だった。

ＴＥＥＬが最後に見た時から、大して変わっていないように見えた。元々はカフェだった二階建ての建物である。壁は全面白塗りで、営業していた時は爽やかなムードを演出するのに貢献していたのだろうが、グラフィティライターにとっては格好のキャンバスでしかない。端から端まで文字が書き殴られている。その上に貼られた管理会社からの警告のポスターにすらスプレーの痕があった。

「防犯カメラ作動中」

ポスターの文言をＨＥＤが読み上げる。ＴＥＥＬは外壁の一点を指して、返事とした。宣言通り防犯カメラが設置されていたが、レンズは空へ向けられている。首を振っている様子もない。

「なんであんな方に」

「映りたくない誰かが棒か何かで突きあげたんだろうな」

「そんなことを」

「基本テクニックだよ」

ＴＥＥＬも近いことをやったことがある。勿論、これで半永久的に撮られなくなるというわけではない。管理会社が気づき、駆けつけてくるまでのその場しのぎだ。

この数年で街にカメラが増えた。防犯カメラは高画質化が進んでいるくせに安価になった。ドライブレコーダーも普及した。ＴＥＥＬは、カメラに完全に映らないでボムをすることは不可能になったと思っている。だから、リスク管理に気を遣うようになった。施設の持ち主や警察がすぐに動いてカメラをチェックするような場所かどうかを見極める。ヤバい場所にどうしてもボムをしたい場合は、顔が映らないような格好をする。

ここは、安全なスポットだと思う。一年以上前、TEELが最後に来た時には既にカメラがこの状態だった。きっと、そもそもがダミーなのだろう。

駐車場入口にかかったチェーンを跨ぎ越えた。踵(かかと)が掠って鈍い音を立てたが、TEELは見向きもしなかった。

「見せたかったのは、この、グラフィティの大群ですか」

「正確には違う。こっちだ」

敷地の奥、かつてのカフェの勝手口がある面へと回る。車道に面しておらず、街灯にも照らされていないが、こちら側も落書きだらけであることをTEELは知っていた。

「カフェで、こんなもん何に使ったんですかね」

壁に寄り添うように置いてあるドラム缶をHEDが小突くように蹴った。

「使わないだろうな。そのへんからちょろまかしてきたんだろう」

カフェの跡地を囲む工場群を顎で示す。鶴見川流域から海にかけては工業地帯だ。

「何のために?」

TEELは行動で答えた。ドラム缶の天板に両手をついて、地面を蹴り、飛び乗った。

ここに立つと勝手口の庇（ひさし）へ楽に手が届くようになる。そのまま上っていく。土埃（つちぼこり）を払った後、こちらを見上げるＨＥＤへ手招きをした。ＨＥＤはＴＥＥＬとドラム缶、それから暗くてろくに見えもしないはずの背後の三点に数秒、視線を彷徨わせてから、決意したようにドラム缶に乗った。足がかりが見えるようにＴＥＥＬがスマートフォンのライト機能で照らしてあげたが、屋根の上に辿り着くまでには幾分か時間がかかった。

「最早パルクールですよ、こんなの」

ようやく屋上に辿り着いたＨＥＤが手の甲で顔を拭う。土埃で線が引かれた。ただでさえ蒸し暑いのに体を動かしたものだから、ＴＥＥＬもＨＥＤも随分と汗をかいている。

「さて、こっちだ」

ＴＥＥＬは照らす先をＨＥＤの顔から足元へ移した。菓子の袋やペットボトル、煙草の吸殻が散乱している。釘やワイヤーのような真に危険なものは落ちていないが、それでも闇の中の不法侵入に慣れていないと危険は危険だ。明かりと体をゆっくり動かして案内する。

「ここだ」

「おお」

ＨＥＤが漏らすため息の音を聞いて、ＴＥＥＬは拳を握りしめた。

屋上に壁のように立っている看板の裏側を使って書いた、ＴｈＥ　ＢＢＦＢ、渾身（こんしん）のマスターピースだった。自身のチーム名を中心に配置し、そこから周囲へ広がっていくように、ひたすらにスプレーの線を走らせた。重ねられたスプレーの痕は炎のようにも津波のようにも見える。どちら、と決めて書いたわけではなかった。自分たちを起点として何かが放射されているという、ただ、それだけのイメージがあった。

「これがＴＥＥＬさんが組んでいたチーム……凄い。ＴｈＥがＴＥＥＬさんなんですね」

「よく分かるな」

「ＴＥＥＬさんのスローアップとアウトライン同じじゃないですか、ＴとＥ。字体的には、あと、二人なんですかね。最初のＢＢと、最後のＢでスタイルが違う」

「そう、三人で組んでた。他の二人のタグネームはＢａｄ　ｂｏｙとＢＬＵ」

「ああ、バッドボーイフォーブルって、そういう」

ＴＥＥＬは「意味はないけどな」ともう一度言った。Bad Boy For Life（バッド ボーイ フォー ライフ）、略してＢＢＦＬというヒップホップの名曲が先にあって、それを無理矢理にもじった。誰の発案だったか覚えていない。

ＴＥＥＬは、あらためて壁を見上げた。

「色々なところに書いたけど、これが最高傑作だと思っている。ここを俺たちのピーススポットにしようと決めて、何日もかけて、ゆっくり書いた」

「全部、過去形なんですね」

つけたままだったライトの明かりが僅かに揺れた。ＴＥＥＬはスマートフォンの画面を操作して消した。

「解散したんですか？」

「そうだな」

ＴＥＥＬは首を振った。別に言いにくいと思っていることでもない。

「ＢＬＵが死んじゃってね」

「それは」

どう続ければいいのか分からなかったのか、ＨＥＤの言葉が途切れた。

「ＢＬＵのタグやスローアップって見たことある？」

「ビルの壁とか、目立つところに書かれていますよね、確か。こういう屋上看板の裏とかにも見かけたかな。電車乗ってる時、見えるやつがあるんです」

ＨＥＤが指を宙に走らせた。ＢＬＵのスローアップのアウトラインを書いたのだと分かる。ＴＥＥＬは微笑んだ。本当に、よく街のことを見ている。

「結構、残ってるよな。全部、書かれてもう八年は経つ筈なんだけど」

「まあ、消しにくいところにあるのが残ってるってだけなんだとは思いますが」

「そう。ＢＬＵは狙ってそういう場所にボムしてたんだ。橋桁とか、皆が落書きするようなスポットでも、誰よりも高いところに名前を書いていた。さっき、ここに上るの最早パルクールって言ったろ？」

ＨＥＤは「言いましたね」と服を手で払った。降りる時、どうせ汚れるのに。

「ＢＬＵはマジでパルクールみたいなことしてたんだよ。階段も梯子もないところを上ったり下りたり。何度か付き合ったけど、あいつが一人で上っていった先でロープを垂らしてくれて俺も上るって感じだった」

ＴＥＥＬがロープを手繰るジェスチャーをするとＨＥＤが「凄いですね、それは。本当にストリートって感じだ」と笑った。

「俺はスケートやってるから、ある程度ついていけてたけど、Ｂａｄ　ｂｏｙは途中で置いていかれたりして、可哀想だったな」

ＴＥＥＬは目を細めた。Ｂａｄ　ｂｏｙとＢＬＵと一つのチームとして動いていた数年間は、何よりも忘れ難い特別な日々だった。ふっと、息を吐くように笑う。

「まあ、そうやって馬鹿なことやってた結果、落っこちて死んじまったんだけどな」

ＨＥＤは何も返してこなかった。ＴＥＥＬとしても、返してほしくはなかった。

ＴＥＥＬは指先で壁をなぞる。

「ここもその内、建物ごと消されるんだろうけど、こうやって残ってるのは嬉しいと思っちゃうよな。あの時にここに書きたいって思った気持ちがそのまま刻まれてるみたいで。ＢＬＵも俺と同じようにまだ街に居続けてくれてるみたいに感じる」

「なるほど」

「なるほど？」

ＨＥＤの方を向くと、照れたように頰を搔いている様子だった。

「確かに、なるほど、ではないですね。でも、なんか納得がいったんですよ。色々と感覚が腑に落ちたっていうか」

ＨＥＤはＴＥＥＬの肩を叩いた。

「そろそろ行きませんか？　今の俺の気持ちを、街に刻みたくなりました」

この男は、こうしたことを、さらりと言ってのける。ＴＥＥＬは「そうだな」と強めに肩を叩き返した。

＊

渋谷にある、Ｂａｄ　ｂｏｙが経営しているステーキ屋へ行こうという話になったのは、この夜にＴｈＥ　ＢＢＦＢについてＨＥＤへ話したことが切っ掛けであることは間違いない。次に会った時、Ｂａｄ　ｂｏｙの方は今どうしているのかと話題になり、グラフィティをやめて店を始めていることを話したのだ。渋谷へ連れ立って出かけた際に、訪ねてみようじゃないかとなるのは必然の流れだった。

店は渋谷駅よりも京王井（けいおうい）の頭（かしら）線の神泉（しんせん）駅から歩いた方が早い。所謂（いわゆる）、裏渋谷と呼ばれる区域にある。居酒屋にクラブ、マッサージ店といった夜の店があるビルの地下一階に構えられていた。

「ボーイズステーキ」

スタンド看板に書かれた店名をＨＥＤが読み上げる。

「お察しの通り、Ｂａｄ　ｂｏｙのステーキ屋だからボーイズステーキ、だ」

「看板はグラフィティっぽくはしてないんですね」

少し拍子抜けした、といった調子だった。確かに、赤地に〈ボーイズステーキ〉とゴシック体で黄色い文字を書かれたのみのシンプルな看板である。スプレーで書かれているわけでもなければ、ワイルドスタイルでもない。

「まあ、ステーキとグラフィティを掛け合わせても何もアピールにならないからな。中に少し、痕跡はあるよ」

階段を下る。この階段もレンガ壁にアンティーク調のランプを掛けているといった具合で、ストリートとは程遠いシックさだ。入り口のドアだって、ガラスも入れていない重い木製のものである。外観からは元グラフィティライターがやっている店ということは誰にも分からないだろう。

ドアを押し開けた途端、肉が焼ける香ばしい匂いが鼻を突いた。同時に、音楽も聞こえだす。The Who(ザ・フー)の「ザ・キッズ・アー・オールライト」、Ｂａｄ　ｂｏｙの昔からのお気に入りだ。

ドアベルの音に反応してだろう、カウンターの客席側にいるカスミが、布巾を片手に振り返る。「いらっしゃいませ」と言いかけたところで気づいたらしい。

「ＴＥＥＬさん！　お久しぶり」

キッチンのＢａｄ　ｂｏｙも顔を上げる。カスミには「ご無沙汰してます」と頭を下げ、Ｂａｄ　ｂｏｙには手を軽く振った。「あれがＢａｄ　ｂｏｙで、こちらが奥さんのカスミさん」と小声で説明だけして、席につく。ＨＥＤは二人へ頭を深々と下げていた。律儀だな、と思いながら隣に座ってくるのを待った。客は、他に三組、入っていた。

　カウンター席のみの、こぢんまりとした店だ。内装もレンガ壁になっている。地下なので窓はなく、少し圧迫感のようなものはあるが、それが秘密基地のようで心地好いと思えるような空間だった。元々バーが入っていたテナントを居抜きで使っているという経緯をＴＥＥＬは知っている。

　ボーイズステーキでは、肉の部位はリブアイしか用意されていない。ＴＥＥＬもＨＥＤも二百グラム注文した。焼きあがるまで時間がかかるので、赤ワインとピクルスも追加する。カスミが運んできた瓶とグラスを恐縮しているような手つきで受け取った後、ＨＥＤはきょろきょろと首を振った。

「Ｂａｄ　ｂｏｙって、本当にあのＢａｄ　ｂｏｙなんですね」

　ＨＥＤは壁に掛けられた写真を指した。Ｂａｄ　ｂｏｙのタグを撮ったものだった。ＴＥＥＬは少し考えてから、ＨＥＤが言わんとしたことを察して「そう、子ども服の」と応じる。Ｂａｄのｄを右目、ｂｏｙのｂを左目に見えるように傾けて、その下に鼻と口を描いたＢａｄ　ｂｏｙのタグは、ファッションブランドのロゴをそのままいただいたものだった。

「結構、大人で着てる人みかけますけど」

「俺らの世代にとってはガキの服なんだよ」

「ダサめのな、しかも」

カウンター越しにＢａｄ　ｂｏｙが口を挟んできた。

「小学生の頃いつも着てたから、タグネームとしてもらったんだっけ」

「ロゴのイケメン具合が俺にそっくりだからだよ」

Ｂａｄ　ｂｏｙは笑いながら、トングで肉を持ち上げる。

「そんな似てますかね」

ＨＥＤは、小声で言った。

「Ｂａｄ　ｂｏｙさん、ロゴと違って朗(ほが)らかじゃないですか、顔」

ＴＥＥＬは苦笑した。確かに、今のＢａｄ　ｂｏｙはそうかもしれない。五分刈りの頭だけは多少の威圧感があるが、目尻は下がっているし、口元も常に緩んでいる。これは現役時代からなのだが、腹だって出ている。エプロンと合わせて、いかにも、客商売をしている気の良い店主という雰囲気であるし、実際にその通りだった。

「カスミさんと結婚するまでは、もうちょっと尖っていたんだよ」

ＴＥＥＬは、静かにワイングラスを揺らした。ＨＥＤは何か言いたげに口を動かしていたが、結局、これといったことは言わなかった。ピクルスを一つ摘み「これ、美味しいですね」とだけ呟いた。

ステーキを平らげる頃にはラストオーダーの時間も過ぎ、他の客も帰っていた。Ｂａｄ　ｂｏｙがＴＥＥＬの横の止まり木に座る。待っていましたとばかりの勢いだった。

「で、君は何者？」

「ＨＥＤといいます」

ＨＥＤも随分と慣れてきたなと笑いながら、ＴＥＥＬは「新進気鋭のライターだよ」と補足し、前にスマートフォンで撮ったステッカーの写真を見せてやった。

「クールじゃん。どの辺ボムってるの？」

ＨＥＤが答えると、Ｂａｄ　ｂｏｙは「ありゃ、目に入るはずだけどな」と頭を掻いた。ＴＥＥＬは、「引退した奴は駄目だな」とワインを呷った。

「ここにボムっていってよ、是非とも」

Ｂａｄ　ｂｏｙは壁を指した。先ほど話題に出たタグを始めとして、Ｂａｄ　ｂｏｙが絡んだグラフィティの写真が幾つか飾られているのだが、その額を囲むように、無数のステッカーが貼られている。大抵は勝手にボムされたもので、ほんの少しだけ、こうしてＢａｄ　ｂｏｙが自ら頼んだものが混じっている。ＨＥＤは「ええ」と応じたが、どうも上の空のように感じられた。ＴＥＥＬが視線を辿ってみると、額の内の一つに辿り着いた。東京メトロの半蔵門(はんぞうもん)線の車両の写真だった。車体の横腹にＴｈＥ　ＢＢＦＢとワイルドスタイルで書いている。

「トレインへのボムなんて、していたんですね」

ＨＥＤが振り向いた。Ｂａｄ　ｂｏｙが「黄金時代」と恥ずかしそうな素振りもなしに応じた。

「車両基地に夜中、忍び込んで書いたんだ。前に言った、ＴｈＥ　ＢＢＦＢの三人で」

「この頃、外国のライターが電車へボミングをして帰るってのをよくやってたんだよな」

「別に対抗したわけでもなかったけどな」

「嘘つけ。お前がやられっぱなしなのはシャクだって言ったんだよ、確か」

ＴＥＥＬは目を丸くした。覚えがなかった。「そうだったか」とピクルスを摘む。

「でもまあ、外国のライターがやった時も、俺らがやった時も、結局、発車前に見つかって、走ってはくれなかったな。これもボムった直後に撮ったやつ」

「日本だからな。仕方ない」

昔から、鉄道車両へのグラフィティは何度も試みられているが、大抵は見つかった段階で車両が基地へ引っ込められてしまう。落書きなど構わずにその日は走り続ける、という乱暴さとは無縁の国だからな、とTEELはグラスを揺らした。

「アメリカでも最近はかなり綺麗みたいですけどね」

「『スタイル・ウォーズ』のイメージが強いんだろうな。俺が書いた名前が街を走っていく。生っぽいビートのラップをBGMにさ」

HEDが無言で、TEELの顔を見つめてくる。「なんだよ」と肘で小突く。

「いや、やっぱ憧れてたんだなって。TEELさんも、ああいうのに」

TEELはHEDをもう一度、小突いた。

やがてワインのボトルが二本空き、TEELの手元の灰皿に吸殻が溜まった。カスミは「後始末はお願いね」とBad boyを置いて先に帰っていった。電気代が勿体ないからと店内の明かりは半分落とされ、BGMも消されているが、酒が回ってきた場の雰囲気は明るいままだ。HEDがその質問をしたのも、その浮かれ具合に身を任せた勢いで、といったように見えた。

「Bad boyさんは、なんでグラフィティやめちゃったんですか」

TEELはHEDの顔を見た。その後、Bad boyの顔を見た。Bad boyは「ああ」とワインを一口飲んで、にやける。

「タグを書いてたんだよ、いつもみたいに。俺はきっちり、端から書く。B、a……dを傾けて右目にして、bを傾けて左目にして、o、y。書き終えて眺めてたらさ、急にもうボーイじゃないよなって思っちゃって」

ＴＥＥＬはグラスを傾けた。もう空になっていて、水滴が唇を濡らしただけだった。

「カスミさんと結婚したからだと思ってた」

「それもあるっちゃあるけど、でも、決定的な切っ掛けではなかったよ。お前だって別にグラフィティやめなかったじゃん」

「ＴＥＥＬさん結婚してるんですか」

ＨＥＤが前のめりになった。ＴＥＥＬが「してた、な」と返すと身を引いた。Ｂａｄ　ｂｏｙが頭を下げるが、表情には大して悪びれた様子もない。

「ま、だから、Ｂａｄ　ｇｕｙ（ガイ）だったら、まだライターやっていたかもなっていう話よ」

「本当にそういう話か？」

ＴＥＥＬは笑いながらグラスへワインを注いだ。結局、このボトルがなくなるまで、店にいた。Ｂａｄ　ｂｏｙの家は駒場（こまば）の方だったので、店の前で別れた。ＴＥＥＬとＨＥＤは渋谷駅へと向かう。「終電ぎりぎりだな」と呟くと、ＨＥＤが「そうですね」と答えた。

半ば住宅街の、細く、薄暗い道を進んでいく。こうした時刻の、こうした道だというのに前後に人が途切れない。人混みというわけではない。距離を保って幾つかの影が並走している。ＴＥＥＬは久々に渋谷に来たことを実感した。ＴＥＥＬ達と同様に駅へと急ぐ者もいれば、まだ次の店を探しているらしいグループもいる。寄り添うように歩くカップルはホテルか、どちらかの家への道中だろう。それぞれがそれぞれの目的のために動いているこの雰囲気が、ＴＥＥＬは好きだった。

道の先に、走る車のヘッドライトや商店の看板が見えて、再び喧騒（けんそう）の気配が感じられてきたところで、ＴＥＥＬはＨＥＤが立ち止まっていることに気づいた。見れば、電柱にステッカーを貼りつけている。

「酔っ払ってもボミング、感心だな」

ＴＥＥＬは尻ポケットのスプレー缶を、おぼつかない指先で引っ張り出そうとしながら歩み寄った。ＨＥＤが顔を上げた。街の明かりに照らされ表情が見えて足を止めた。ＨＥＤは、笑っていなかった。それで例の目の鋭い輝きだけが剝（む）き出しになっている。

「ＴＥＥＬさんは、どうしてグラフィティやめないんですか」

答える隙も与えない、といったようにＨＥＤはすぐに言葉を継ぐ。

「ＴＥＥＬさんの時代の人、みんなストリートからいなくなっちゃってるじゃないですか。ヨンハさんはアクティヴィストとして目的が達成されたから、Ｂａｄ　ｂｏｙさんはもう大人だから、それぞれ辞めた。ＢＬＵさんは……」

「死んだ」

言い淀んだところをＴＥＥＬが補ってやる。ＨＥＤは小さく頷いて再開した。

「グラフィティを続けているライターもいます。でも、それってＯＮＥＮＯＷさんみたいに商業アートの世界に行ってる人なんですよね。ボムを続けているのＴＥＥＬさんだけですよ。カメラだらけの、世間の目も厳しくなったストリートに何故か居続けている」

ＴＥＥＬは「そんなことはない」と言いかけた。ボムを十何年続けている知り合いの名前を挙げようとした。だが、口は動いてくれなかった。

「やめどき、見失っているんじゃないですか」

「グラフィティやめたくなったのか？」

ＴＥＥＬはスプレー缶を尻ポケットへ戻した。

「なら、他人を巻き込まず、勝手にやめとけ」

俺は書きたいから書いているだけだよ、と続けようとした。ＨＥＤの手の動きに目が吸い寄せられて止まった。電柱からステッカーを剝がしている。

「綺麗に剝がれるでしょう、これ」

ＨＥＤが電柱の表面を撫でた。確かに、普通、ステッカーを剝がした後に残るような、剝がしきれなかった欠片や接着剤の痕はないように見える。

「そういうステッカー紙を探したんですよ」

「なんのために」

「後で剝がすためです」

TEELの視界の中で、HEDの輪郭が歪んだ。何を言っているのかは分かるが、何を言おうとしているのかが分からない。HEDの次の言葉を待つしかなかった。HEDは剝がしたステッカーを丸めて、無造作に見える手つきでポケットの中へしまい入れた。

「すいません。あれ、嘘だったんですよね」

「どれだよ」

「グラフィティを、ボミングを最近始めたっていうの。ずっとやっていました。ブラックロータスっていうタグネームで」

TEELは目を見開いた。瞬間的に頭へと血がのぼった後、急に冷静になり、「ああ」と呻いた。実際どこか腑に落ちていて、男の指の先までくっきり認識できるようになった。舌で唇を湿らせてから、感覚をどうにか理屈にして「だから」という言葉に変える。

「だから、HEADからAを抜いて、NOSEからはOとSを抜いたのか。BLACK LOTUSに含まれるから」

「最初にツッコミを入れるところ、そこですか」

彼は、少し嬉しそうに見えた。

「グラフィティライターはアルファベットを一文字見るだけでも誰が書いた文字なのか、なんとなく分かっちゃいますからね」

彼がＴｈＥ　ＢＢＦＢのＴとＥの文字を見て、そこを書いたのが誰か分かったように。

「随分とセンスも手際も良い、とは感じていたよ。今話題のグラフィティライター、ブラックロータス先生だったと聞いて、むしろ納得だ。レターが上手いとは思っていたんだ」

「それは、ありがとうございます」

彼の頬が一瞬だけ緩んだが、すぐに硬い表情へと戻った。もう演技をする必要なんてないと途中で思い直したか。代わりに笑みを浮かべてやる。

「で、そんな先生がどうしてこんなことを？」

彼が息を吐き出すのが分かった。道の先の音も明かりも、いつの間にか、ずいぶん遠くなってしまったように感じる。街との間を何かで区切られてしまったように二人きりだ。

「倒したかったんですよ、ＴＥＥＬさんを」

「倒す？」

「大須賀さんの本が出て、俺がどういう意図で活動していたかが世に出ました」

彼は大きく足音を立て、ＴＥＥＬの方へ歩いてきた。その間、手を忙しなく動かしていた。興奮しているらしかった。堰（せき）を切ったようにまくしたててくる。

「あれは結局、大須賀さんと大宅さんの推測ですし、正確ではないところもありますけどね。ニュアンスは大分違うし。大々的に拡散してもらえたんで結果オーライではありましたけど本当は、ネタばらしはもっと遅く、自分からやるつもりだった。まあ、ともかく、ブラックロータスがグラフィティカルチャーを斜めに見て、利用していることが暴露された。それによって大宅さんやＯＮＥＮＯＷさんをはじめ、業界の大物がみんな笑い者になったわけです。あなたを除いて」

ＴＥＥＬの胸へ刃（やいば）でも突き立てるような勢いで、指を向けてきた。

「『グラフィティライターの皆さんが望むようなメッセージがありますよ、反体制ですよ』っていうのがブラックロータスの方法です。でもそれは、アートでもない、何かの意義があるわけでもない、やりたいからやっているだけ、そう言っているあなたに対しては無力でした。ＴＥＥＬさんだけは、倒せなかったんです。ブラックロータスがいても、あなたは変わらずストリートに立ち続ける」

ＴＥＥＬは唾を呑み込んだ。喉元まで出かけている言葉を必死に腹の奥へと流し込む。何度も繰り返してきた、何なら今日だって言おうとしていた自身の信念が、まだ何も言われていないのに陳腐に思えてきた。太腿の横で宙を彷徨う指先が、不思議に冷えている。

「どうすれば倒せるかと思って、あなたの世界観を理解したくて、近づいたんです。ケンジさんが知り合いだと知った時、ラッキーだ、とガッツポーズしましたね」

「ケンジの後輩だってのは、嘘じゃないのか」

「ええ。でも、あの人は、俺の思惑も、ブラックロータスだってことも、知りません。だから、責めないであげてくださいね」

別に、彼のことだって、悪い人だとも思わなかった。ただ、返した「あの日々に本当のことが混ざっていたようで、安心したよ」という台詞は強がりだった。

「ともかく、しばらくクルーとして一緒に過ごしてみて、分かりました。TEELさんはやめられない人なんだって。多分、やめる切っ掛けがないんでしょう」

「名推理だな」

「俺が切っ掛けになってあげます」

TEELの胸をノックするように、手の甲で数回、叩いてきた。

「勝負しましょう、グラフィティで。お互いのタグやスローアップを上書きしたり、出来を競いあったり……ゴーイング・オーヴァーってやつです。負けたと思ったら引退してください」

「勝負、ね」

ＴＥＥＬは一歩、引いた。動かしてから、そのことが何かを表しているような気がして、足の位置を戻した。

「グラフィティで勝負して、勝てるつもりなんだ、俺に」

「そう、そこですよ」

彼が指を立てる。

「だからＴＥＥＬさんはこれまで引退する気になれなかったんだと思います。ストリートで、自分が負けたと思うことがなかったから。そもそも、スケートボードの先輩に勝ちたくてグラフィティを始めたんでしょう？　ＴＥＥＬさんにとってボミングってのは勝負のはずなんです。ただ、対戦相手がいつの間にか消えてしまった。おめでとうございます。久々の好敵手(ライバル)ですよ」

一息に言い切ると足音を鳴らすようにして踵(きびす)を返す。

「それでは、よろしくお願いします」

ブラックロータスは、ＴＥＥＬの返事も待たずに去っていった。

2

スタイル・ウォーズ

十数年もの間、ＴＥＥＬは変わらぬ経路でエンジョイライフ成城へと通い続けている。多摩川沿いの横道から世田谷通りに出て、三軒茶屋方面へ走っていく。ベッドタウンと都心を繋ぐ道路だから朝夕の時間は混み合うが自転車なら余り関係がない。青色に塗られた専用レーンを飛ばしていくのみだ。乗用車やトラックが駐車されていてレーンを塞いでいることも多いが、それを避けるのもストレスとは感じない。ＢＭＸをやっていれば、こういう場面も練習になるのだろうか程度のことを時折思う。

エンジョイライフ成城は、世田谷通りと環状八号線の交叉点の付近、マンションやアパートが成城ではなく砧を名乗り始める辺りにある平屋建ての店舗だ。エンジョイライフは関東地方を中心に展開しているチェーンだが、成城店は敷地としては最も狭い。ガーデニング館とＤＩＹ館、それからペット館と店内は大まかに区分されているがそれも名前だけで、建物自体が別館となっているわけでもない。近隣の住人や学生にターゲットを合わせた、小規模のホームセンターである。ＴＥＥＬは、この店のＤＩＹ館責任者ということになっている。

まだ開店前だが、お客様用駐輪場には既に何台かの自転車が停められている。放置されているものだが、いつからなのかはＴＥＥＬには分からない。二日以上そこにあるものは店の方で注意の紙を貼る決まりだから、読めば放置期間は一応、分かる。だが、ＴＥＥＬ含めて誰も読まない紙だった。自転車をうっかり忘れることなんてそうないし、駅からも離れているので旅行に出かけるなどで長期間の駐輪に使おうとする者もいないだろう。ここに放置されるのは、盗まれたものや、不法投棄されたものといった、取りに来るものが現れない自転車だけだ。店員は皆そのことを分かっているが、何もしない。時期が来て、店長が撤去の手続きをするのを待っている。ＴＥＥＬも、端に寄せられたそれらを横目に自転車を進め、奥の従業員用と区切られた場所へ自転車をとめた。

今日は、ＴＥＥＬが一番乗りになるであろうことがあらかじめ分かっていた。確認も入れずに鍵を開け、事務所の中に入る。夜間警備システムのロック解除や店内照明の点灯などのルーティン作業を行ってからバックパックをおろして一息吐く。エプロン姿に着替えてから喫煙所に向かった。事務所に戻ると、中村健一(なかむらけんいち)がパイプ椅子にやたら良い姿勢で座っていた。

「おはようございます、館長」

中村が腰を浮かせる。ＴＥＥＬのことを、少しおどけて館長と呼ぶのはいつも通りだったが、明らかに緊張している様子だった。ＴＥＥＬは挨拶を返した。煙草のパッケージをポケットにしまう。一瞬、手を浮かす間を挟んでライターを続けて滑らせた。ため息を吐いた。

中村は、ＴＥＥＬの下で働いているアルバイトの大学生だ。アルバイトとしては古株で、頼りにしていたし、本人も頼りにされていることを自覚しているように見える。今朝、呼びだしてきたのもそのためだった。

「これです」

中村が紙束を差し出してくる。ジャーナルだった。感熱紙に印刷されたレジの取引明細で、つまりは一般的にレシートと呼ばれるものとほぼ同じなのだが、レシートとは違い、客ではなく店舗側が保存し利用する。

「全部、昨日の取引だな」

「そして担当者は柴田（しばた）さんです」

中村が床の方を見ながら言った。ＴＥＥＬは再度、ため息を吐いた。柴田鈴香（れいか）もＴＥＥＬ配下のアルバイトだ。三十代、子供が小学校に上がり子育てがひと段落ついたのでパートを始めたと聞いている。

TEELはジャーナルの精査をする。全て三枚ごとにワンセットになっている。一番上は何の変哲もない買い物の明細、次にその買い物の返品レシート、三枚目が打ちなおされた取引だ。最初と最後の違いはただ一つ、千円分の割引券が利用されたことになっていること。古典的な手口だ。実際には使用されていない千円の割引券を使われたと偽造をして、その分の金をレジから抜く。客が受け取るレシートでは通常通りお金を払ったことになっているし、レジに残っているデータでは割引券を使ったことになっているから違算も出ない。運が良ければ誰も気づかない。

「一日で一万円くらいか。結構、良い稼ぎだ」

「先月にはおかしいな、と気づいていたんですけど、確証が持てなくて」

昨日、柴田が早番で、中村は遅番だったからジャーナルをこっそり確認して尻尾を掴めたということだった。

「マジ勘弁してほしいですよ。良い歳した大人が何をやってんですかね」

「そうだな」

TEELが読み終えたジャーナルの最後の一枚を指で弾いて呟いたところで中村が顔を上げる。

「告げ口みたいで嫌なんですけど、俺から注意をするのも、なんか気まずくて。すいませんけど、館長から言ってくれませんか」

ＴＥＥＬはジャーナルの束をエプロンのポケットへとしまいこんだ。中村と目が合う。

「まあ、なんとかするよ」とどうにか言えた。どうしてか中村はそれで安心した様子で

「よろしくお願いします」と白い歯を見せた。

「じゃ、せっかく早く来たんで軽く品出ししておきます」

中村が去っていったのを確認してＴＥＥＬはジャーナルを取り出した。ゴミ箱の奥へ押し込む。

やがて他の社員やアルバイトも出勤し、朝礼が行われた。その後の店内清掃の時間に、事務所のゴミ箱の中身はゴミ袋に空けられ、当番のアルバイトが建物の裏へ運んでいく。ＴＥＥＬはそれを軽く、目で追った。

エンジョイライフ成城では、早番は十時から十七時までの勤務となっている。中村はいつも通りよく働いていた。遅番の柴田も、十四時から二十一時まで、いつも通りよく働いているように見えた。

締め作業の際、ＴＥＥＬは割引券の使用枚数を数えた。確かに、経験上、よく使われる日でこれくらいと感じる枚数よりもずっと多く使われていた。お得意様が多い日だったら

しいと苦笑して、そのまま閉店業務を完了し、外へ出たところでバックパックのスプレー缶に囁かれた。

TEELは口角を上げ、自転車に飛び乗った。

幾分か湿気を孕んだ夜気を、風景ごと体内へ入れるようなつもりで吸いこむ。世界が自分の一部、あるいはその逆になっていく感覚を掴んでいく。さあ、今日はどこに書こうかと視線を散らす。

TEELは、ペダルを漕いでいる間、数日前にブラックロータスから言われたことについては一切念頭になかったつもりだった。そこに辿り着いてから、忘れていなかったどころか、ずっとそのことを頭の片隅で考えていたことにようやくして気づいた。TEELが自転車を止めたのは、ブラックロータスと初めて会った地点だった。

まだ空き地だった。塀の向こうから公園の街灯が敷地を照らしているのもそのままだったが、明かりの中には確かに書いたはずのTEELのタグも、HEDのステッカーもない。掃除されてしまったらしい、と切なさを覚えたところで、代わりのように塀に何か貼られていることに気づく。自転車を飛び降りた。一歩一歩、何かを確かめるように歩んで、塀へと近づく。貼られていたのはトレーディングカードのカラーコピーだった。『マジック：ザ・ギャザリング』の「Black Lotus」。

ＴＥＥＬは唾を呑み込んだ。あの時、タグを書いた辺りを見直す。痕跡らしきものは何一つ残っていない。

この土地を管理している不動産業者が消した可能性を一瞬、考える。たかがタグ一つのために専門の者を呼ぶとは思えないから外注はせずに社員に行わせるのが自然だが、素人がこうも綺麗に消せるはずがない。上から塗りなおす、溶剤を使う、何にせよ、ある程度の痕が残るはずだ。この綺麗さは、塗料や塀に使われている石の性質を知り尽くした者の仕業(しわざ)としか考えられない。

「ゴーイング・オーヴァー」

ＴＥＥＬは呟くと、タグを書き直すように、指を塀に走らせた。「Black Lotus」のカラーコピーがはらりと地面に落ちる。指を滑らせる。カラーコピーが貼ってあった辺りは、べたつきすらしなかった。

間もなく、ブラックロータスの新作は騒がれ始めた。

東京都内を中心に、関東近郊のスポットのグラフィティが続々と消されている。タグやスローアップは時に溶剤で除去され、時に壁や塀の地の色で塗りつぶされた。ステッカーは接着剤の欠片も残さず撤去された。まるで元々何もなかったような綺麗な平面と、「Black Lotus」のカラーコピーだけが現場には残された。

グラフィティというカルチャー自体に対してのブラックロータスによる宣戦布告、らしい。他人のアートを消滅させる行為がそのまま新たなアートになっている、ストリート上でしか許されない全くもって新しい表現、らしい。知りたくもないという気持ちだったが、否応なしにTEELは評判を知ってしまう。SNSのアカウントなんて持っていなかったが、ネットニュースの見出しになっていたし、ライター仲間からの連絡もあった。後者についてはTEELは「気づいている」とだけ返した。前者も中身をざっと流し読みはした。クレジットに大須賀アツシと書かれていた。

皮切りがあの住宅街のあの塀だったことを把握しているのはブラックロータス自身とTEELだけだろう。ブラックロータスが勝負を挑んだのがグラフィティというカルチャーとやらに対してではないことを知っているのも。

ブラックロータスの餌食(えじき)になっているのは全て、TEELのタグやスローアップがあったスポットだった。有名なグラフィティスポットで、壁一面がスプレーの線で埋まっているようなところでも、TEELの名前がないならば消されていない。逆に、TEELが書いたことがある場所ならばスポットとも言えないような小さな場所でも消されている。このことを、TEELは肌で感じていた。どこにボムをしたかは、脳ではなく体に刻まれている。タグが、スローアップが、消されていることに気づくごとに、その刻印が肉体からこそぎ落とされていくようだった。至るところで目にしていたはずのＨＥＤのステッカーも、もうどこにも見当たらない。出来が良かったのに勿体ない。

あの夜に無理矢理に書かせたＮＺＥというタグも、東名高速道路の高架下から消えていた。白い柱だけがそこにあり、本当にここにＴＥＬやヨンハのタグがあったのかさえ怪しく感じられた。誰かが持ち去ったのだろう、「Black Lotus」のカラーコピーも既にない。心なしか他のところよりも薄く感じられる砂埃（すなぼこり）のつき方だけが、声がかつてそこにあったことを示している。

高速道路を走る車の音のみが、相も変わらず喧（やかま）しい。ＴＥＬは「上等だ」と呟いた。バックパックからスプレー缶を取り出す。今夜初めて触れるのに、缶の表面は温まっていた。数回球を鳴らしてから、スローアップを打つ。書き終わってから位置をずらしてもう一度、手を走らせる。もう一度、もう一度、もう一度、満足のいくスローアップを書くことができるスペースがなくなるまで、繰り返した。

息が切れている。

深く空気を吸いこむと、塗料の香りを咽（むせ）るほどに感じた。久しぶりで嬉しくなった。

*

言われて、言いもしたが、ゴーイング・オーヴァーという概念を分かっているとはＴＥＥＬは余り思っていない。グラフィティに関連する多くの単語と同様で、あくまで他所からやってきた輸入品でしかなく、自分の身体にまで落ちていない。

意味としては、上書き合戦だ。誰かがボムした痕を、他の誰かがスプレーで塗りつぶす。それを見た、元々ボムした者が更に上書きをする。一番上に名前を残すのは、どちらのグラフィティライターか、というところを争うわけだ。ここにライターのルールとして自分より上手いグラフィティの上にはオーヴァーライトしてはならないというものが合わさって、だからゴーイング・オーヴァーの果てに、本当に素晴らしいものだけが表面に残るという理屈が語られる。

ニューヨークではそうなんだろう、とＴＥＥＬはずっと思っている。巧拙(こうせつ)によって上書きしても良い悪いがあるというのは、例のインタビューで大須賀へ語った通り遵守(じゅんしゅ)されているのか怪しいルールであるし、単なる上書き合戦も、日本ではどこまで起こり得るのか。誇りとしてタギングしている者がどれくらいいるのだ、というのが率直な感想だ。グラフイティ、タグ、スローアップ、マスターピース、これらの言葉以上にゴーイング・オーヴァーは物真似のように感じられていた。

だが、今、その概念について、少なくとも手もとまで実感がおりてきている。

自分が書いたタグやスローアップが特定の誰かによって消されていることにここまで痛みを覚えるなんて、その上にスローアップをオーヴァーライトすることにここまでの高揚感があるだなんて、とてもじゃないが思っていなかった。スプレーを振らずにはいられない。缶の中の音を聞くまでもなく気持ちが沸きたっている。ボムをしようと決意をして夜へ跳んだ。

職場で中村らとする世間話でも、夏の後は秋を飛ばしてすぐ冬になってしまうと語られるここ数年だが、TEELは実はそう思ってはいない。秋は夜気の中に確かにある。冷房をつけざるを得ない粘り気のある暑さが退いた、清々しい空気がTEELが駆ける時間帯にはある。今などTEELの体から湯気さえ立ちのぼってきそうだ。

今日は池袋へ出た。駐車するところを探すのが面倒なので電車を使う。ボミングをする頃には電車は終わっているので、少し書いて終わりならば車の方が帰りが楽なのだが、一晩中行うならば関係はない。この街にはいくらでも書く場所があったし、いくらでも書いてきた。

ＪＲの改札から出て、人と人の間を縫ってパルコ近くの出口から外へ出る。既に十二時を回っていたが、まだネオンは明るく、人も多い。ただ、緩んではいる。昼や夜の浅い時間帯では大声をあげるだけで誰もが振り返るが、最早そうではなく、それぞれがそれぞれのことしか目にせず、耳にしない空気が出来上がっている。街でのボムは、こうした人と人の繋がりの切れ目でタギングをする。

ＴＥＥＬはバッグからスケートボードを外した。物理的にも人と人の間に間隙ができている。幾らでも滑ることができる。信号が変わるまでの時間を利用してニット帽を下げ、マスクもつける。変わった瞬間に地面を蹴る。そのまま、グリーン大通りへと車道を滑っていった。

すぐ見つかった。歩道上の配電箱が綺麗になっている。繁華街にある配電箱はボムをする先としてイージーな場所の一つである。寄りかかるついでにスプレーを走らせることができるし、ステッカーも貼り放題だ。ただ、どんな状態になっていても気にする者がいないものだから、ボムのやりがいは余りない。ＴＥＥＬも最近はしていなかったが、この場所には一度スローアップを書いていた。傍にあるバス停のベンチに座っていると自然に目につく位置にあるのが気に入ったのだ。

スケートボードに乗ったまま跳ね、歩道に乗り、板の前へ後ろ足から飛び降りて勢いを殺す。すぐに配電箱の表面を撫でた。汚れのない薄緑色は、置かれてからずっと綺麗なまだったかのように澄ました雰囲気だったが、上塗りされた分、僅かに出っ張っているように感じられた。「Black Lotus」のカラーコピーはないが、後に一切の違和感を残さないようにするこの丁寧な仕事は間違いなくブラックロータスの仕業だろう。それを示すように、近くの配電箱や電柱はステッカーやタグまみれだ。

汗を拭うため手を上げた勢いでバッグの中からスプレー缶を取り出す。最初の一撃だ。二撃目は別の配電箱、三撃目は電柱へと決めた。

ただの上書きへの上書きだけでは終わらせない、とＴＥＥＬは決意している。消せるものなら消してみろ、というアピールをしたかった。一度消したところをもう一度だけというのは後手後手に回っているようで癇に障る。

一旦、満足したところでスケートボードを再発進させた。次のスポットへ向かう。

作業を繰り返しながら、ＴＥＥＬはブラックロータスの手際の良さに舌を巻く思いだった。

上書きへの対抗場所として手始めに池袋を選んだのは、ＨＥＤと組んで来たことのない街だからだ。ブラックロータスによるオーヴァーライトがどこまで徹底的に行われているかの小手調べが目的だった。多摩川近辺や渋谷、横浜といった街で徹底的な掃除が行われていることについては大して驚くことではない。ブラックロータスはどこにタギングがされたかを横で見ていたのだから。なら他の街ではどうかを調べたかった。

結果は予想以上だった。ほぼ網羅していると言っていい。ブラックロータスにはやはり天性のセンスがある。TEEL自身、タグを書いたことを忘れているような場所があった。良い壁があるじゃないかとスプレーを構えたところで「Black Lotus」のカラーコピーに気づいて慄然とするということがこの夜、何度もあった。逆に、気まぐれで書いただけで、何故こんなしょうもないところにタグを書いたのだろうとTEEL自身あとから思うような場所は放っておかれている。ブラックロータスは誰かが撮った写真集に載っているなどの理由ではなく「ここにタグを書いたら映えそうだ」という感覚でTEELのボミング跡を見つけているのだ。

ブラックロータスが好敵手と自称したことを思い出す。自分と同じ景色をここまで見ることができる人間は、これまでずっといなかった。だから、ゴーイング・オーヴァーなんて発生のしようもなかったのかもしれない。缶の先を宙に走らせるたびに真剣勝負だという気分は強まっていったが、TEELの顔はにやついていた。

一通りスポットの巡礼を終えた頃にふと顔を上げる。

「あそこ、良いな」

都道４３５号線に被さるように走る、首都高速道路の支柱だった。歩道と重なっている部分の柱にタグが書き殴られているのは見たことはあったが、歩道のない、都道の中央分離帯のところに立っている柱はまっさらなままだ。走る車越しに並ぶ柱たちが、ＴＥＥＬの目にキャンバスと映った。

元々、深夜でも車が絶えることはない通りだ。朝が近づいてきて、ますます車の通りが激しくなっている。ＴＥＥＬは深呼吸しながら、拍をとった。今、というタイミングで発進した。この車線からも、反対車線からも、車の振動がボードの車輪の回転までも消してしまいそうな勢いで響いてくる。波乗りでもする気分だった。気がつけば柱が射程距離にある。Ｔと書きつけて、横へ滑る。次の柱にＥ、更に次へＥ、最後、見事にＬと書いたところで方向転換し、また車道を横断した。歩道の縁にスケートボードが引っ掛かって、座礁(ざしょう)する形になる。不格好ながら受け身をとった後、掌に砂利(じゃり)が食い込むのを感じながら体を回し、戦果を見渡した。どうだ、と思った。ゴーイング・オーヴァーを続けてみろ。できるものなら。

上書きされるまで、一週間もかからなかった。

恐らく三日以内に気づき、動いたのだろう。とりあえずＴＥＥＬが知ったのは五日後だった。ネットニュースのサイトに「白熱！　ブラックロータス対グラフィティライター」

という記事があがっていた。ブラックロータスに対抗するようにグラフィティが増えたこと、しかし、その増えたグラフィティが瞬く間にブラックロータスに消されてしまったことが書かれていて、サムネイルに使われていたのは首都高速道路支柱のビフォーアフターだった。

何人かのライター仲間から〈やるじゃねえかw〉と連絡があった。TEELが思ったのは、ニュースを見たのか、ということだけだった。あれだけ目立つことをやったというのに、連中も、出来事を肌で感じているわけではないのだ。

TEELはため息を吐いて、スマートフォンを投げ出す。何か別なことを考えそうになった頭の中を、ブラックロータスのことへ戻した。消された上にまた書いて、更に数を増やしても、あいつはすぐに上書きをする。それができるのだ。ライターの感覚として、TEELと同じものを持っているのだから。

だとしたら、次は、どういう手を打てばいい?

*

締め作業の前に塗料の缶をレジへ通した。エンジョイライフ成城には社員割引の制度があり、社員と家族に配布される専用の会員カードを使えば定価より十パーセント安くなる。せせこましいとは思いながらも、ボミングに使う道具も、それ以外の日用品も、店で扱っているものなら、こうして購入することにしている。

ここで働き始めた十数年前は、こんな丁寧なことはしていなかった。検品、品出し、休憩時、とにかく隙があればポケットへスプレー缶を滑りこませていた。それがホームセンターをアルバイト先にした目的だった。

金がなかったというのは勿論あったが、それ以上に、グラフィティというカルチャー自体にかぶれていた部分があったと今のＴＥＥＬは思う。グラフィティというのはカウンターカルチャーであるからしてスプレー缶は万引きするのが作法だ。本場では皆そうやっている。聞いて、それを追うようにやった。思っていたよりも長く勤めることになった後は、怪しまれないように、少し頭を使って盗むようになった。それこそジャーナルの誤魔化しだってやった。

意識が変わったのは結婚が契機だ。正確にはＴＥＥＬが結婚すると聞いて、当時の店長が「なら、そろそろ地に足のついた生活をした方がいいだろう」と正社員になることを勧めてくれ、もう少し真剣に取り組んだ方がいいかと考えるようになったのだ。生活を変えたといってもボムはやめなかった。結局、それで子供っぽいと愛想を尽かされ離婚を切り出されたが、ある程度真面目になった勤務態度は維持したままだ。おかげでＤＩＹ館の責任者になることもできた。

作業を終えて、缶を抱えながら事務所に戻ったところで退勤準備を整えた柴田に「お疲れ様です」と声をかけられる。「お疲れ」と見送った。ＴＥＥＬもすぐに着替えて、まだフロアの方にいた鍵当番に挨拶をして外へ出た。

今日は車で出勤していた。ワンボックスカーの後部座席へ塗料缶を積み込む。スペースはまだまだ有り余っているはずなのに、やたらと収まり良く見えた。ＴＥＥＬは「よし」と意味なく呟いてエンジンをかける。

車は良い具合に流れていた。口笛まじりに世田谷通りを上って、国道２４６号線へ折れる。渋谷と呼べる周辺まで辿り着いたところでカーナビを頼った。いつも酒を飲むのでボーイズステーキへ車で向かうのは初めてだ。少し手間取りながらもどうにか駐車場を見つけ、店へと下りる。Ｂａｄ　ｂｏｙはすぐ気づいてくれた。

「早いじゃん」

Ｂａｄ　ｂｏｙはカスミへ目配せをしてから店の奥へ一度引っ込み、すぐ紙袋を抱えて戻ってきた。礼を言いながら受け取ると重さで少しよろめいた。Ｂａｄ　ｂｏｙに「気をつけろよ。割れ物多いんだから」と小突かれる。ＴＥＥＬは「なら押すな」と小突き返す。

「一杯やってくか?」

「車で来ているから。あと、すぐ使う」

TEELが袋の上から中のものを指で弾くと、鈍い金属音が鳴った。

「手伝おうか」

「引退したんだろ、ボーイは。というか、その癖よく残してたな」

「店で使うかもしれないからさ」

「ちゃんとしたのを買い直せ」

Bad boyは「それもそうか」と笑うと、TEELの背後を覗き込むように背伸びする素振りをした。

「なら、あれか。この間の……HEDくんと?」

TEELは「いや」と首を振った。

「一人でやる」

店を出て車へ戻り、塗料缶の隣に紙袋を置くと、なんだか安定したように感じた。スマートフォンで時刻を確認すると、二十三時を回ろうとしている。何もかもが丁度いい。来た道を逆走し、そのまま多摩川へ向かう。川崎市側の岸のコインパーキングへ駐車をし、後部座席へ回り込んだ。

スライドドアは開けたまま、中へ身を乗り出す形で膝をつく。車に元から積んでいたツールボックスの留め金を外し、紙袋の中身を取り出す。消火器が二つ入っている。いずれも塗料に塗れている。ゴムのように固まったそれらを剝がしながら、TEELはまず片方の消火器の上部に工具をはめ、蓋を開けた。さっき買った塗料缶の中身を適度に薄めて流し入れていく。脳味噌ごと溶けてしまいそうな匂いがした。十分入った、と思ったところで蓋を戻す。開ける時は幾分か緩んでいたのですぐに終わったが、今度は時間をかけた。半端な締め方だと怪我をする恐れがある。終わったら車外に出して、もう一本についても同じ作業を繰り返した。

これもあらかじめ積み込んでいた自転車の空気入れを手に取り、車を降りた。空気入れの先を消火器にはめ、一度深呼吸をしてから、加圧を始める。消火器についているゲージの針が緑の線に達したところでやめにする。車内に戻り、ナイロン製のタンクホルダーを持ってくる。スキューバダイビングの際、タンクを背負うために使うものだ。これに消火器をはめて準備完了だ。一つだけしかないのでもう片方は裸のまま紙袋へと戻す。これから必要になる他のものも横へ差し入れた。

車の鍵を閉めた。既に手も顔も汗ばんでいる。ホルダーにはめた方はそのまま背負う。ニット帽とマスクはできることなら外したかったが行うことを考えると、そういうわけにもいかない。

爆撃予定地にはすぐに着いた。川崎市と狛江市を結ぶ形で多摩川にかかった橋で、小田急線が走る例の橋のほど近く、並行の位置にある。世田谷通りの一部であるから、片側二車線の幅の広い、大きな橋である。多摩水道橋と看板に書いてあったが、その名前についてはＴＥＥＬは今知った。存在はずっと前から意識していたのに。スケートパークにいれば視界に入る位置にあるのだ。ここは通らないが、世田谷通りは普段通勤に使っている道路でもある。

河川敷へと降りた。砂利を踏みしめながら橋の横っ腹を見上げる。街灯と車の明かりで思いの外はっきり色が判別できた。薄い緑色で三段階のグラデーションになっている。橋桁にはタグやスローアップが書かれているが、本体側面には何も書かれていない。当たり前だろう。地上、あるいは水上からスプレーを噴いても届かないほどに橋は高い。

だが、とＴＥＥＬは紙袋を下ろした。これならいける。

右手でホースを手繰る。ノズルの先を上げ、発射した。

思わず声があがる。夜の闇よりも黒い塗料が噴き出し、しぶきがＴＥＥＬの肌や服をも染める。全身の筋肉を使って制御した。水流が橋を叩く音がしたところで「いいぞ」と、そのまま手を動かした。ＴＥＥＬと書き殴る。スプレー缶じゃとてもじゃないが書けないサイズの署名ができた。まだまだタンクの中に残量はある。川の傍へ移動して、もう一回

ＴＥＥＬと書いた。それ以上は幾ら手を伸ばしても無理そうだったので、残りの塗料は宙でノズルを回して消費する。消火器の噴射は一度始まったら止めることができない。肩紐を外して消火器を下ろした。橋に書かれた二つのＴＥＥＬは実に粗雑な出来栄えだった。字の形は崩れているし、塗料は垂れている。それでも迫力という意味では段違いであるし、何より今回はでかいことが重要だ。

空になった消火器をホルダーから外し、紙袋の中のものに代えて背負い直す。ＴＥＥＬは土手を駆け上がった。橋の上へと出て、先ほど書いた二つ目のＴＥＥＬの字のＬの真上より少し左で欄干を飛び越えた。瞬間、急に風を強く感じ、反射的に後ろ手で手すりを握る。足元は靴の横幅ほどしかなく、こうやって宙へ向き合えば足先がはみ出る。消火器の中の塗料と同じくらい黒い水面が見えた。踵に体重をかける。

背後をトラックが通り過ぎていったのに反応してＴＥＥＬの肩が跳ねる。怯えている暇はない。この時間帯に車を走らせている者は、たとえ自殺志願者が横にいようとも無視しなければならない用事がある連中ばかりだろうが、それでも気まぐれを起こす可能性はゼロではない。何よりもボミングは素早くやらなければならないものだ。

紙袋の中からザイルロープを取り出す。両端にカラビナがついているもので、ＴＥＥＬは片方を橋の手すりへ、もう片方はタンクホルダーの胸ベルトへ通した。長さを調整すると、背後へ跳んだ。

自由落下ではない。ザイルを片手で摑み靴底を壁面に擦りながら降りていく懸垂下降の形をとった。足を突っ張って、安定できたところで片手を消火器のノズルへ移す。

「はっ、はっ、はっ!」

叫び声と共に、塗料を放射する。わけの分からぬ爆音が、跳ね返る液体に紛れてTEELの全身を叩いた。T。書けたか? 分からない。だが、次へ移るしかない。E。続けろ。E。仕上げだ。L。塗料が出続けるノズルを川へ向けロープを手繰って這い上がる。カラビナの位置をずらし、再び降りる。さっきの調子ならもう一回、名前を刻めるはずだ。刻んだ。

気が抜けたのかもしれない。塗料が切れたところで足が滑ってTEELの身体が完全に宙に浮いた。風に煽られ揺られ、振り子のように橋から離れる。それで、文字がはっきり見えた。慌てるよりも先に、TEELは拳を握っていた。

車へ一度戻り塗料を補充して更に四つ名前を書いた。川崎から狛江まで横断完了だ。

川の下流の先がもう白んできていた。ジョギングや犬の散歩をする者もちらほらと現れる頃なので、そろそろ逃げ帰らなければならない。名残を惜しみながら端から端まで自分の名前で埋められた橋を目で撫でまわす。

このサイズの文字は一人で書くことすらここまで苦労する。綺麗に消すともなれば、ほとんど不可能なはずだった。ＴＥＥＬは、会心の一手を指せた満足感を胸に多摩川を後にした。

＊

その日は休みにしていたから、ＴＥＥＬは家に帰るとシャワーだけ浴びて昼過ぎまで眠った。起きた後もまだ胸が昂っていることに少し驚く。落とし切れていなかった掌の塗料を数秒眺めて、にやついた。車内の後始末をする気分にはとてもじゃないがなれなかった。登戸（のぼりと）の中華料理屋へ飯を食べにいこう、と思い立つ。ついでに犯行現場も確認しようじゃないか。着替えようと立ち上がると、体の節々が痛み、それがまた嬉しかった。スケートボードでは使わない部分の筋肉を使ったということだ。

日の出で予感した通りの快晴となっていた。マンションの駐輪場から愛車を発進させる。スピードは敢えて出さない。

多摩水道橋に人だかりができているのを見た際、ＴＥＥＬは最初、自分のボムに群（むら）がっているのだと思い、口角が上がった。すぐに様子がおかしいことに気づき眉を顰める。声があがっている。ボムをした痕跡を見ているにしてはおかしい。怒るにせよ、笑うにせよ、そうした盛り上がりに繋がりはしないだろう。自転車を降り、ゆっくりと近寄った。

まず、人混みの前方にテレビカメラと集音マイクを持った取材クルーがいるのを見つけた。制服警官の姿もある。そしていずれも、橋の方へ顔を向けていた。ＴＥＥＬは、視線を追う。呻きに近い声が漏れた。

橋に何人かぶら下がっていた。数時間前のＴＥＥＬと同じ格好だが、行っていることは正反対だ。溶剤で塗料を落とそうとしている。上から橋と同じ色で塗りなおそうとしている者もいた。いずれも学生か社会人でも二十代前半くらいの年齢層で、全員共通してやたらと手際が良い。ＴＥＥＬの字が既にほぼ消されていることよりも、動きの迷いのなさの方に何やら嫌なものを感じた。微妙ではあるが年格好や雰囲気、使っている道具が一人ずつ違うのも気になった。ボランティア団体のようなチームでの活動として清掃をしているといった風ではない。

制服警官が危ないからやめなさいとたしなめていた。それを聞く誰もがにこやかな表情をしている。生ぬるさに耐えきれなくなり、ＴＥＥＬは自転車のハンドルを回した。

何が起きているのかを把握できたのは夕方になってテレビの電源をつけた時だった。ニュースで一連の騒動が取り上げられていたのだ。生真面目なトーンではなく、ちょっとした面白事件として特集されていた。地域ニュースではなく全国ニュースとして放送される時間帯だ。

まず、TEELの署名が画面に大写しにされる。勿論、肯定的な扱い方ではない。〈橋一面の落書き〉と、おどろおどろしい字体のテロップが被せられ、アナウンサーが本日の早朝に神奈川県川崎市と東京都狛江市にかかる橋にこのような悪戯が、と読み上げる。

その後に『現場近くの防犯カメラには犯人と思われる男の姿が』と続けられ、橋を走るTEELの映像が流された。余り良いフォームではない。疲れていたのだろう、歩幅が狭くなっているし、手足の動きがばらついている。顔を隠すニット帽とマスク含めて、せせこましく見えた。こんな姿を晒(さら)される形で有名人になってしまったか、と苦笑する。

『しかし、この落書き、今現在は跡形もなく消されています』

アナウンサーの声が明るくなる。『何故なら』と昼間、TEELが見たあの光景が大映しになる。自らの危険も省(かえり)みず橋を綺麗にする若者たち、それを応援する群衆、『あれも本当はいけないことなんですが』と笑う制服警官、一転して映るもの全てが正しさに満ちている。

『実はこちらの清掃活動、行われていたのは多摩川だけではありません』

聞いて、TEELはソファから体を起こす。

日本各地のグラフィティスポットの映像が流された。多摩川にいたような若い男女がステッカーを剝がし、スプレー跡を消している。

アナウンサーが『何故、全国で一斉にこのような活動が盛り上がっているのか。その裏には、この人物がいました』と続け、画面が切り替わった。瞬間、ＴＥＥＬは乾いた笑い声をあげてしまった。〈正体不明のグラフィティライター　ブラックロータス〉と、特大サイズの字幕が出てきた。

『鋭いメッセージ性のあるストリートアートを発表し、登場以来、日本中で話題を呼んできたブラックロータス氏。素性は一切明かさず、ＳＮＳなどで表に出ることもこれまでなかったのですが……なんと本日未明、公式YouTubeチャンネルを突然開設！　瞬く間に登録者数は十万人を超えました。そして、そこでブラックロータス氏が投稿したのが、こちらの動画……〈誰にでもできるグラフィティの消し方〉だったのです」

画面に、ブラックロータスがあげた動画の切り抜き映像が映る。コンクリート打ちっぱなしの壁に書かれたスプレーを、幾つかの市販の溶剤を使って消していくものだった。顔は映さず体も腕のみしかカメラに入れないようにしていたが、ＴＥＥＬには間違いなくブラックロータス本人だと分かる。同じ夜を何度も過ごした手だ。

テレビ画面に再び、今日、多摩川にいた若者の姿が映る。インタビュアーの『どうしてこんなことを?』という質問に『ブラックロータスの動画を見て』と回答していた。はにかんだ笑顔だった。その後、画面が切り替わって、テレビ局内のスタジオの様子が映し出される。アナウンサーがフリップを手にここまでの話を要約してあらためて語り、コメンテーターたちが賢しげな表情で頷いている。

『グラフィティに造詣の深いライターの大須賀アツシ氏によりますと、ブラックロータス氏はここ数週間、関東近郊の落書きを消すという真逆の発想のストリートアート活動を行っており、この動画の投稿、拡散も彼のアートの一部であると考えられるとのことです』

TEELはテレビの電源を落とした。

スマートフォンを手に取ってYouTubeのアプリケーションを開いた。検索欄に〈ブ〉と打ち込むだけで〈ブラックロータス〉と出てくる。検索結果の上部、『マジック：ザ・ギャザリング』関連のものよりも先にグラフィティライターのブラックロータスの公式チャンネルは出てきた。アイコンにされているのは、スプレーで描かれたトレーディングカードの「Black Lotus」の絵だった。投稿されているのはまだ「誰にでもできるグラフィティの消し方」だけのようだった。選択し、視聴を開始する。

スプレーでBlack Lotusとタグが壁に書かれるオープニング映像から始まった。タイトル通りの内容を無駄な部分なく説明していく映像だった。動作一つ一つの間を詰めてあり、無加工な映像が垂れ流される時間はワンフレームも作っていない。説明は合成音声と字幕で行っているが、そちらも短すぎない程度に切り詰めてある。視聴者にストレスを一切与えまいとする編集の仕方に、TEELは「今っぽいな」と思った。ともかく、大衆の心をどうすれば動かせるかを熟知しているいかにもブラックロータスの作品らしい動画だった。

座椅子の背もたれに体重をかけ、天井へ視線をやる。目を閉じて、開いて、を何度か繰り返す。

息を吐く。

狙いは間違ってはいなかった、とTEELはあらためて思う。でかいタグを書き殴るのは有効な手だった。ブラックロータスにはそれを消すことが不可能だというのは事実だった。だから、ブラックロータスは昨夜の時点で既に、全てを見越した真の会心の一手を打っていた。自分ではなく、他人の手を使って上書きをさせるという。

「誰にでもできるグラフィティの消し方」は、これからまだまだ再生されるだろう。動画を見た者すべてが動くわけではないだろうが、そのうちの一パーセントが行動に移すだけでもとんでもないことになる。日本中のタグやスローアップがまっさらになってしまうかもしれない。これから、TEELがどんなに大きなタグを、どれだけ書こうとも。

だが、とTEELは頭上の蛍光灯に重ねるように手を広げた。

これからも、書くこと自体はいくらでもできる。即座に消されてしまうだろうが、どのみちタグやスローアップなど、いつか消される定めだ。

＊

両親が離婚したのは、ＴＥＥＬが十三歳の時だった。親権を取ったのは母親の方で、ＴＥＥＬはそれまで産まれ、育ってきた街を離れて川崎市内に移り住んだ。元々住んでいたのが東京都内だったので、川崎に引っ越すと聞いた時には別に何かが大きく変わるわけでもないだろうと楽観的に思っていたのだが、いざ離れてみると、ＴＥＥＬは予想以上の孤独に苛(さいな)まれた。

空気感を肌で知らない街に、友人知人が一人もいない状態で放り出されるということがこれ程に辛いとは思わなかったのだ。新しく住み始めたのもマンションの一室で、ずっと住んでいた一軒家と比べると、脚がぐらついた腰掛けのようで落ち着かない。何かないか。どこかにないか。そんな気分で夜を彷徨うことが多くなった。

近所の工場近くの道路がスケートボードのスポットになっていることに気づいたのも、深夜の散歩をしている時だった。夜中でも工場は動いているのかとずっと思っていた車輪の音が、台車からではなく、スケートボードから出ていることを知った。

公道を我が物顔で滑り、走り、跳ぶスケーターたちの姿を見て、ＴＥＥＬは衝撃を受けた。それまでは学校の校則さえも破ったことがないような子供だった。不思議と嫌悪感は湧かなかった。単純に、かっこいいとだけ思った。車輪がついた木の板があるだけで、人間はあんなことまでできるようになるのか。なんならトリックを決めていない、滑っているだけの状態でも佇まいが輝いている。

観察を重ねた。はじめは通りがかっただけという振りをして何度もスポットの近くを歩き、次は隅の方に座り様子を眺めた。その内にスケーターの一人が「やってみるか？」と誘ってくれた。

スケートボードに乗ってみたことは、ＴＥＥＬにとって、このカルチャーの存在を認知した瞬間を超えるショックな体験だった。まるで、世界を切り開いているような気分になれた。目の前にある、何かで凝り固まってしまった空間を、板の船の鼻先で切り裂いていく。ＴＥＥＬは即座に二つのことを学んだ。生きることは世界との対決で、その勝負に勝ってこそ生きていくために必要な居場所を獲得することができるものなのだ。負けず嫌いの自分というのも、この時に初めて知覚した。

ＴＯＭＭＹのことを気に食わないと思ったのも負けず嫌いに起因していた。ＴＯＭＭＹ

は何年も前からスポットにいて、TEELよりも年上なのに、ろくにトリックも決められない。その癖、やたら飄々としている。こいつはなんだ、と思った。スポットに通っているうちに、TOMMYがタギングをしていることを聞いた。へえ、と思って真似をしてみたが、どうも上手くいかない。あらためて見てみるとTOMMYのタグがちょっと憧れてしまうくらい格好よく見え、そのことが許せなかった。それでのめり込んだ。

グラフィティというカルチャーは、TEELにとっては衝撃というよりも、馴染んだという感じだった。居場所を自らの手で切り開く感覚を、スケートボードよりももっと直接的に感じられた。スケーターたちはアスリートのような人間も多かったが、グラフィティライターは皆、街を自分のものにしようとするという本質に自覚的なのも大きかった。少ない資料を漁って、ニューヨークなどの本場で活動しているライターたちのようになれたらとあれこれスタイルを真似した。そのうちに自分だけのボムのやり方というのが見えてきた。

以降、そのやり方で、十数年間、ずっと、続けていた。

それがここに来て変わることを覚悟しなければならなくなってきている。ブラックロータスの手によって状況が何もかも変えられようとしている。

ブラックロータスがYouTubeチャンネルを開設してから既に一週間ほど経っていて、

その間にTEELは何度かボミングをした。書いたタグもスローアップも、翌日の夜にはなくなっていた。ボミングをしようとスポットに足を向けたところ、掃除されている最中だったということもあった。幾ら、消されようとも書けばいいと決意したとはいえ、こうした状況が続くようなら限度がある。

仕事を終え、スプレー缶からの音も聞こえず、ブラックロータスへの対抗手段も思いつかず、仕方なくといった調子で家に辿り着いたところでTEELのスマートフォンが震えた。見ると、ブラックロータスからの着信だった。TEELの方でLINEの友達設定を変えていないから、画面に表示されている名前はHEDのままだ。

「よう」

『こんばんは。明日って、普段のシフトの組み方的にはTEELさんお休みでしたよね?』

社交辞令も世間話も挟んでこなかった。

「ああ、そうだよ」

『十時に、あそこ……TEELさんが先週ボムした、多摩水道橋に来られますか』

「何故?」

『お願いします』

通話が切られた。

翌日の空は清々しい晴れ方をしていたが、気温は低く、先週とはまた雰囲気が違った。ここ数日、一気に冷え込んで秋といいながらも冬を先取りしたような陽気が続いている。天気予報では、先取りどころか冬の始まりなのだと解説されていた。素直に受け入れたくない気持ちもあったが、ＴＥＥＬは上着を羽織(はお)って外へ出た。自転車ではなく、徒歩で向かった。

今日は多摩水道橋の周辺に人だかりはできていない。平日なので、河川敷も野球やサッカーのチームのような、まとまった団体はいない。ただ、ジョギングであったり釣りであったりと、個人的なアクティビティに興じる人は多く、スケートパークにも人影があった。

ブラックロータスはまだ来ていない。ＴＥＥＬは時間潰しのつもりで辺りを見渡し、舌打ちをした。全て消されている。橋の柱や欄干に書かれていたタグも、沿道の防音壁に書かれていたＴＥＥＬたちのスローアップもなくなっていた。ポールや電柱のステッカーも綺麗に剝ぎ取られている。ＴＥＥＬは、体を震わせた。

十時を過ぎたところでブラックロータスから着信があった。

『来てくれましたね』

言われて、ＴＥＥＬはもう一度辺りを見渡した。こちらが待ち合わせ場所に来ていることとを確認した、といったニュアンスを感じる言い回しだ。だが、ブラックロータスの姿を見つけることはできなかった。

『三分後に快速急行が小田急線の橋の上を通ります』

「快速急行？」

『見ていてください』

　昨夜と同様、乱暴に通話が切られる。半ば呆然、半ば憤然としながら、ＴＥＥＬは言われるがまま、小田急線の橋の方へと目をやって、待った。電車が来るから何だというのだ、と考察する間もなく新宿行きの快速急行が登戸駅の方から現れる。

　ラッピングカーだ。アニメか、それともゲームか、そうしたコンテンツに触れることが余りないＴＥＥＬには分からないが、美少女や美少年のキャラクターが車体に描かれている。作品そのものがそういう物語なのか、それとも今回の企画がそういうテーマなのかは分からないが、キャラクターたちは皆、絵筆を振るっている。塗料をまき散らしながら、ポップな字体のアルファベットで何か書いていた。恐らくは作品のタイトルなのだろう、と文字を拾って「あっ」と声が出る。出した後に息が止まる。Ｂ、Ｌ、Ａ、Ｃ、Ｋ。続くのは当然、Ｌ。間違いない。Ｏ。急に足裏から電車が走る振動を感じる。Ｔ。胸まで響いてくるような、生っぽいリズムだ。Ｕ、Ｓ。

ブラックロータスが、電車へボミングした。

公式なコラボレーションではないだろう。純粋なる、ボムだ。だが、絵柄の中に堂々と紛れ込んでいる。誰かに止められる気配もなく電車はそのまま走っている。ブラックロータスというタグネームを宣伝するように。かつてニューヨークのグラフィティライターがやらせたように。脇腹を見せつけるだけ見せつけたあと、電車はＴＥＥＬを置き去りに消えていった。同時に、世界が我に返ってくれたらしく、背後で車が走り出す。目の前を自転車が通り過ぎる。

いつの間にかＴＥＥＬの肌を濡らしていた汗が、いつの間にか冷えていた。反射的に、早く立ち去らなければ、と思った。なのに足は動いてくれない。不思議だった。

3 イグジット・スルー・ザ・ギフトショップ

ラッピングカーはアニメ『二〇八四年の魔少年女』とのコラボレーション企画だということを、ＴＥＥＬは家に帰ってから調べて知った。箱根湯本(はこねゆもと)駅で行われるイベントの宣伝として半月ほど前から走らされていたものらしい。それで誰も気づかずに走らせることができたのか、とＴＥＥＬは一つ納得がいった。ブラックロータスがボムを実行したのはほぼ間違いなくＴＥＥＬに見せた当日だ。注目が集まる初日にラッピングカーの文言がおかしかったならば誰でもすぐ気づくだろうが、イベントが始まってから数週間が経ち、皆がその存在に慣れ切ってしまった後ならば盲点になっても仕方がない。ラッピングカーへのボムについてはＳＮＳ上で違和感を覚えた者による投稿が幾つか見られた程度で、テレビや新聞など大手メディアでは一切取り上げられていなかった。

そんな状況を揶揄（からか）うように、ブラックロータスの公式YouTubeチャンネルに事の次第がまとめられた動画がアップロードされた。ラッピングカーが走った翌日の夜のことだった。

GoPro（ゴープロ）を利用して撮影したものらしい。小田急の車両基地に忍び込み、ラッピングカーを見つけ、素早くステッカーを貼りつけるまでの一部始終がブラックロータスの視点から映されていた。時々画面の中に入るブラックロータスの体から、整備士の服装をしていることが分かった。動画の中には徹底してブラックロータス一人の姿しか映っていないが、流石に今回は協力者はいただろうなとＴＥＥＬは推測する。車両基地への侵入ルートの確保、整備士の制服の入手、ともに一人だけの力だと準備は難しい。鉄道会社の社員か、鉄道オタクか、そうした仲間が陰にいるはずだ。その後にラッピングカーが線路を走っていく様子の映像が続くのだが、箱根から新宿まで、電車の動きを追っていくようになっており、これも一人では撮影はできないだろうと感じるものだった。動画は、再度車両基地に侵入したブラックロータスがステッカーを剝がしてサムズアップをするところで終わっていた。

ＴＥＥＬはYouTubeのアプリケーションを閉じた指で、そのままブラックロータスへ発信した。

「今から会えるか？」

ブラックロータスは『どこ来られます？』と即答してくれた。ＴＥＥＬは多摩水道橋と言いかけたが撤回する。あそこはあの日以降、夜はパトロールが強化された。

「鶴見川のカフェ跡地とか」

『承知しました』

ＴＥＥＬは夜の中へ発車した。丁度、ブラックロータスと一度行った際と同じ道筋だ。あの時は多摩川の近くで合流してからだったが今は一人、深夜の道を行く伴走者たちの音が車内にやたらと響いた。

同じ場所へ車を停めた。きっとここの落書きもなくなっているのだろうと予想していたのだが、何一つ変わっておらずＴＥＥＬはそのことに驚く。しかし、当たり前かもしれない。変わっていないということは、新たなタギングもされていないということだ。街から外れている半ば死んだようなスポットは、書く者も消す者も最早ろくに近寄ってこないのだろう。

五分前にＬＩＮＥで〈上がってます〉とメッセージが来ていた。煙草を吸いきってから車を降りて、裏手に回って這い上る。ブラックロータスは、ＴｈＥ　ＢＢＦＢのマスターピースの前に立っていた。

「消してないんだな」

ＴＥＥＬもブラックロータスも明かりになるものはつけていないため視界は月明りと近辺の街灯だけが頼りだったが、それでもマスターピースがそのままであることは分かった。

ブラックロータスがほっと息を吐く音がした。

「消せませんでした」

「そんなに気に入ってくれていたのか」

「気に入りますよ、そりゃ。けど、どっちかっていうと、多分、俺、自分で思っているよりも甘いんでしょうね」

「手心を加えてくれていたことに感謝するよ」

言いながら、TEELは足で探って見つけたビールケースの上のゴミを払い落として座り込む。下のカフェが瓶ビールを出していたとも思えないので、これもドラム缶と同様、誰かが持ってきたものなのだろう。ThE　BBFBが活動していた頃から、ここにあった。

「悪いな、こんな夜中に呼びだして」

「いつ逮捕されるか分からないですからね、お互い。会えるうちに会っておかないと。元々、グラフィティなんて事件化されて警察が動いたら終わりなものだと思いますけど……流石に、やったことの規模がちょっと大きい。証拠まで自らあげちゃって」

悲観的な言葉選びと対照的に、口調はあっけらかんとしていた。TEELは「そうだな」と返した。続けようと口を開いて、すぐに閉じた。見えもしない足元を凝視してから、呟くように、ようやくして言う。

「負けたよ」

体から力が一瞬にして抜けて、また強張りだすのをTEELは感じた。

ブラックロータスは何も答えてくれない。TEELは沈黙に堪えられず言葉を継ぐ。

「自分の名前を書いた電車を街の中に走らせる。やりたかったことをやられてしまった……でも、俺には絶対に無理だっただろうな。ラッピングカーのスタイルに合わせたステッカーを作るなんて発想は出てこない。あのアニメのことすら知らないし」

するとﾞ、ブラックロータスが噴き出した。

「負けたと思った理由、電車の方なんですね。上書き大作戦じゃなくて」

「そりゃ、あっちの方も流石だとは思ったよ。ただ、いくら消されようとも書けばいいわけだし。一切、痛手ではなかった」

言ってから馬鹿らしくなり「いや、かなり痛くはあった」と撤回する。

「でも、実際、畜生という感じでしかなかった。上手いこと言えないが」

「そうですか」

ブラックロータスは「ありがとうございます」と続ける。皮肉や嫌味のような調子はない。それで再びＴＥＥＬの肩の力が抜けた。今度は抜けたままだ。力みと共に「負けだよ、負け」と言葉が零れていく。

遠く、車か、船から出る音が聞こえた。

「ただ、一つ、聞いていいか」

ＴＥＥＬは顔を上げながら尋ねた。ブラックロータスの表情はよく見えないままではあるが、それでも視線を合わせてしたい話だった。

「どうぞ」

「結局、お前は何がしたいの？」

ＴＥＥＬは立ち上がった。僅かに、ブラックロータスの目の光が見えるようになった。

「去年、例のインタビューに答えた時は、アーティスト気取りなんだろうと思っていた」

「グラフィティを踏み台にしつつ、リーガルに名を売って商業アートで荒稼ぎ」

膨らませたガムを戯れに破裂させたような口調だった。「それをしたいわけではなかったんだろ？」と聞くとブラックロータスは「全然」と即答した。ＴＥＥＬの目尻が僅かに下がった。息を吐いてから詰問を続ける。

「で、この間、ゴーイング・オーヴァーを挑まれた時は、アートやりたいってより、俺みたいな古いグラフィティライターをぶっ倒したいって方がメインだったんだと認識を改めた。ボムの痕を消しまくるっていう、上書きのやり方もそれに沿ってた。けど、電車のは、少し違うだろ？」

ＴＥＥＬは「さっき、お前が自分で言ってた通り普通に捕まるボムだ」とブラックロータスへ指を向けた。姿が見えていないから、本当に指せているかどうかは少々不安だ。

「前の選挙ポスターのとは違って、やったのはお前だっていうのはすげえ分かる。分かるからこそ、分からない」

ブラックロータスが、背中で音を立てた。看板か、それを支える鉄骨に寄りかかったらしい。

「全部、俺の中だと繋がっているつもりなんですけどね。TEELさんでも分からないなら、他の人には理解できないかもしれないです」

「何かしら、一本の芯があるつもりだと」

「そうです」

「どのような」

「グラフィティのことが好きっていう芯」

TEELは目を丸くした。「嘘つけよ」と鼻で笑うとブラックロータスは「本当なんですよ」とはっきり応じた。

「憎しみだけで、気合い入れて勉強したり実践したりなんてできませんよ。フェイクかどうかなんてTEELさんが一番分かるでしょう? 俺のやってきたボム、どうでした?」

「ボミングにも才能ってあるのかなって思ってたよ」

「でも、才能とか素質とか、そんなつもりはないんですよ。街を歩いて、ここにボムればかっこいいと思うポイントとかを学んでいっただけで。だから、そういうの、TEELさんと一緒だと思う。自分の手で、街の空気を摑んで、そこに自分自身のテリトリーを表現する。グラフィティのカルチャーに心動かされてるんです、俺は」

いつの間にか、ブラックロータスの体が前のめりになっていて、言葉と言葉の間には足元の砂利が擦れる音が挟まっていた。

「じゃあ、なんで」

「グラフィティのためです」

間髪入れずにブラックロータスは答えた。

「俺が憧れたグラフィティは、社会の今の空気を自分の肌で感じて、その中で居場所を作るものでした。だけど……言っちゃ悪いけど、大宅さんやONENOWさんみたいな人たちはもう、今を感じられていないと思った」

「批判するねえ、大御所を」

「誤解しないでください。大宅さんのこともONENOWさんのことも尊敬しています。特に大宅さんがいなければ、日本のグラフィティのカルチャーは成立しなかったと思う。俺、自分のボミングを撮ってくれたあの人の写真見る度、めちゃくちゃ感動してましたよ。本人に今、そんなこと言ったらぶん殴られると思うけど」

ブラックロータスの口調が砕けてきている。HEDと名乗ってTEELと一緒にボムをして回っていたあの時のようだ。

「だけど、そういう業界の偉人が、他人の家や壁を躊躇いなく汚してもいい、何故なら反体制のグラフィティライターだからって言い続けるのは、もう通らないですよ。高いマンションに住んで、良いギャラリーで個展開いてる良い歳した大人が、何をやってんだって感じ。カタい頭で不正を糾弾する側にならなきゃいけないお年頃でしょう」

ＴＥＥＬは、黙って、続きを待つしかなかった。

「グラフィティっていうカルチャーを、偉い人が奨励している構図になってしまったら、もう終わりです。ダサいですよ。大体、スプレーで落書きってだけで俺らの世代のほとんどはドン引きなのに。普通に生きている人の真っ当さを踏みにじるノリはもう流行らない。もっと、グラフィティっていうのは同時代的にかっこいいものなはず。それを見た、善男善女の若者が、自分も行動しなきゃと思うようなものでなければならないと思うんです」

ブラックロータスは「だから」とまとめる。

「一度、今のグラフィティをぶっ壊そうと思った」

「それで業界の大物を笑い者にしたり、作品を全て消したりした、と」

「そういうことです」

少しずつ、ＴＥＥＬの中で腑に落ちつつある。安心しつつある、と言い換えても良かった。自信過剰な不遜(ふそん)さが見えてきた。怪物では、なかったのか。

「タグやスローアップを消すのが、新しいグラフィティだって、どこぞのライターが言っていた気がするが、的を射ていたんだな、あれは」

「大須賀さんですね。ええ。割とそう思っています。タグやスローアップを消すのだって、街の空気を知っていないとできないですから」

「若者も受け入れやすい。動画もかっこいいし」

「良いでしょう？　あれ」

「だが、やっぱり、電車については分からないな」

「クリーンなだけだと、それもまた、意味がないと思うんですよ。グラフィティを消したいだけなら清掃員になればいいし、皆に自分の作品を見せたいならリーガルなアーティストになればいいじゃないですか。思いや感情を即座に世界へ伝える。グラフィティの、その牙を抜いてはいけない。自分たちの居場所を守る理屈と倫理を持った上で、領土を拡大するんです」

　ブラックロータスは、ため息を吐いた。

「ギリギリのラインを探ったのが、あれです。イリーガルなことでも、ユーモアのある手口で派手にやる。後片づけまで自分でやって、誰かに迷惑はかからない。これならアリかなって……欺瞞なんですけどね。不法侵入されたってだけで、何か他にやられてないか点検で大騒ぎでしょうし、それで小田急の誰かが責任とらされたりするかもしれませんし」

「そんなこと、やる前から分かっていただろう？　お前なら」

「ええ、分かっていました」

ブラックロータスが後ろを振り向いた。ＴｈＥ　ＢＢＦＢのマスターピースを見ているのだ、とはっきり分かる。ＴＥＥＬも、同じものをブラックロータスの背中越しに見つめた。

「結局、俺も、憧れてるんでしょうね。輸入品のカルチャーに、意味もよく分からないまま。で、そんな風に誰かに自分のことを憧れてほしいと願っている」

「なるほどな」

ＴＥＥＬは頷いた。胸の内で凝り固まっていたものが、ほぐされたことが分かる。報われはした気持ちになっていた。

今ならちゃんと足は動いてくれるだろう。拳にも力はもう入りそうになかった。それでいいのだと、ＴＥＥＬは思った。

*

翌朝、ＴＥＥＬはニュースを見ずに出勤した。睡眠時間はろくに取れていないが、気分はすっきりしていた。定位置へと自転車を停め、バックパックを跳ねさせながら事務所に向かう。スプレー缶の中で球が転がる、あの音がした。呼吸だけ少しの間、止まった。立ち止まりはせずに中へ入る。冷えていた頰を室内の暖気が撫でてくれた。

今日は少し遅い出勤となっていた。既に着替え終わっているスタッフたちに挨拶をしながら、ロッカーへと向かっていく。その道中に柴田とすれ違った。

「あっ、柴田さん」

柴田は段ボールを抱えたまま振り返った。

「なんでしょう」

「ちょっと」

少し間を空けてしまう。TEELは「話したいことがあるので、朝礼終わったら時間もらえる?」と早口気味にどうにか続けた。

柴田は、一瞬、目を見開いてから「了解です。徳田(とくだ)さん」と答え、段ボールを抱く腕の位置を変えて店外へ走り去っていく。

その背中を見送って、バックパックから名札を取り出した。

主要参考資料

大山エンリコイサム『アゲインスト・リテラシー　グラフィティ文化論』（LIXIL出版、二〇一五）

『美術手帖』二〇一七年六月号（特集＝SIGNALS！　共振するグラフィティの想像力、美術出版社）

ベリンダ・ウィートン『サーフィン・スケートボード・パルクール　ライフスタイルスポーツの文化と政治』（市井吉興・松島剛史・杉浦愛監訳、ナカニシヤ出版、二〇一九）

映画『ワイルド・スタイル』（監督：チャーリー・エーハン、一九八二）

映画『スタイル・ウォーズ』（監督：トニー・シルバー、一九八三）

映画『イグジット・スルー・ザ・ギフトショップ』（監督：バンクシー、二〇一〇）

本作は第31回松本清張賞受賞作『イッツ・ダ・ボム』を、
単行本化にあたり加筆・修正したものです。
（「オン・ザ・ストリートとイッツ・ダ・ボム」より改題）

Graffiti

Photograph
今井知佑

Design
觀野良太

井上先斗（いのうえ・さきと）

1994年愛知県生まれ、神奈川県川崎市在住。成城大学文芸学部文化史学科卒業。2024年、本作『イッツ・ダ・ボム』（「オン・ザ・ストリートとイッツ・ダ・ボム」より改題）で第31回松本清張賞を受賞しデビュー。

イッツ・ダ・ボム

2024年9月10日　第1刷発行

著　者　井上先斗（いのうえさきと）

発行者　花田朋子

発行所　株式会社 文藝春秋

〒102-8008 東京都千代田区紀尾井町3-23
TEL 03(3265)1211(代)

印　刷　TOPPANクロレ

製　本　加藤製本

組　版　萩原印刷

ISBN 978-4-16-391893-8

文春文庫の松本清張賞受賞作

第19回
受賞作

烏に単は似合わない　阿部智里

八咫烏の一族が支配する世界「山内」の世継ぎの后選びを巡る有力貴族の姫君たちの壮絶バトル。壮大な和製ファンタジーの幕が開く！

第22回
受賞作

屋上のウインドノーツ　額賀澪

引っ込み思案の志音は、屋上で吹奏楽部の部長・大志と出会い、人と共に演奏する喜びを知る。圧倒的熱さで駆け抜ける胸キュンの物語。

第25回
受賞作

天地に燦たり　川越宗一

日本、朝鮮、琉球。東アジア三か国を舞台に、侵略する者、される者それぞれの矜持を見事に描き切った歴史小説。

第26回
受賞作

へぼ侍　坂上泉（さかがみいずみ）

明治維新で没落した家を再興すべく西南戦争へ参加した錬一郎。彼を待っていたのは、〝一癖も二癖もある厄介者ばかりの部隊だった。

第27回
受賞作

震雷（しんらい）の人　千葉（ちば）ともこ

「言葉で世を動かしたい」。その一心で文官を目指す名家の青年と、理不尽な理由で世間から除け者にされてきた兄妹が〈安史の乱〉と対峙する。

第28回
受賞作

万事快調〈オール・グリーンズ〉　波木銅（なみきどう）

〝クソ田舎〟からおさらばするため、三人の女子高生は学校の屋上で大麻の栽培を始める――。選考委員満場一致、規格外のデビュー作。